KB112650

노동운동가 강상철의 트위터 서신

정동에서 부는 바람

정동에서 부는 바람

초판 1쇄 인쇄 2013년 02월 22일
초판 1쇄 발행 2013년 03월 04일

지은이 강 상 철
펴낸이 손 형 국
펴낸곳 (주)북랩
출판등록 2004. 12. 1(제2012-000051호)
주소 153-786 서울시 금천구 가산디지털 1로 168,
  우림라이온스밸리 B동 B113, 114호
홈페이지 www.book.co.kr
전화번호 (02)2026-5777
팩스 (02)2026-5747

ISBN 978-89-98666-20-0 03810

노동운동가 강상철의 트위터 서신

정동에서 부는 바람

강상철 지음

book Lab

책을 내며

옷깃만 스쳐도 인연이라는 말이 있다. 이제는 손끝 아니, 지문의 미세한 접촉(터치)만으로도 인연이 차고 넘친다. 트위터는 인연의 영겁을 향한 최고의 속삭임과 사교술임에 틀림없다. 트위터를 통해 인류는 비로소 작업의 종결자로 나섰다. 트위터는 낯선 인류와의 무차별 만남이자 반응이다. 거세된 스킨십 대신 고도의 의식적 공감이 뒷받침된 참여욕구의 발로다. 비로소 문자가 인격화한 인류문명 최고의 은유이자 상징의 통로다. 인간은 트위터를 통해 평등과 참여의 함수를 완성시켜 나간다.

트위터는 21세기 밀레니엄시대 명함이고 족보다. 수많은 명함도, 가가호호 대대로 내려오는 족보도 트위터에 비하면 새발의 피다. 성, 직업, 혈통, 가문도 필요 없다. 이제 멘션(mention)이 가훈이고, 알티(RT: 리트윗)가 명함이며, 팔로워(follower)가 족보다. 인간은 죽어서 이름이 아닌 트위터를 남긴다.

누구나 태어나 사회의 첫발을 딛는 관문이자 배움의 산실인 학교에 가듯, 인간은 어쩌면 마지막 관문인 관계라는 과목을 배우기 위해 타임라인으로 간다. 국어, 영어, 수학, 과학, 윤리 등 트위터에는 없는 과목이 없다. 예습, 복습은 정말 따라갈 수 없을 정도도. 매일 밤 잠자리에 들기 전 하루의 일을 정리하는 것이 일기였다면, 이제 하루에 일어났던 일들을 기록하는 것은 트위터. 기존 일기는 하루가 총량으로 정적이었지만, 트위터는 매분 매시가 대상이며 역동성을 부여한다.

여성들이 하두에 몇 번이고 변신하는 행위가 화장이라면, 현대인들은 트위터를 통해 매번 변신을 거듭한다. 가장 신속하고 화려한 코디인 셈이다. 어떨 때는 연설을, 어떨 때는 애교를, 어떨 때는 도움을, 어떨 때는 비판을 하기도 한다. 택시, 전철, 음식점 등 어느 공간에서든 변신에 자유롭고 제한이 없다. 인류역사상 수많은 종류의 서적들이 존재해왔지만, 트위터만큼 오묘하고 방대한 책은 보지 못했다. 트위터에서는 누구나 작가이고 평론가이며 담론의 소비자가 된다. 공과 사를 총망라한 트위터는 진정한 문명의 개가이고, 관계정복시리즈이며, 밀레니엄 백과사전이다.

-본문 중에서

바야흐로 소통의 시대이다. 외로움이 물밀듯이 몰려온다. 소통 없이는 단 하루도 살 수 없다. 외로움 앞에 장사는 없다. 누구나 위로받고 싶어한다. 성공했든, 실패했든, 잘 살든, 못 살든 외로움은 늘 끼어든다. 어쩌면 인간은 외로움의 존재인지도 모른다. 외롭기에 소통하는 것이고, 소통하면서 또 외로운 것이다. 이를 더는 데 트위터가 하나의 방편이 될 수 있다는 것은 다행이다.

최근 노동운동 활동가들이 힘들어하는 모습이 역력하다. 민주노총 사무총국 성원들도 많이들 그만두기도 한다. 안타까운 일이지만 앞날이 불투명하기 때문이다. 특히 작년 총선과 대선을 거치면서 열패감에 빠진 것도 큰 이유이다. '멘붕'이라는 말이 머리에서 떠나지 않는다. 하지만 우리만 그런 어려움을 겪는 건 아닌 것 같다. 이미 많은 사람들이 외롭다고 호소하고 있고 세상을 알면 알수록, 사회가 분화될수록 그 외로움은 커져만 간다.

멘붕은 주관적인 심리상태의 반영이다. 국민들은 정치인들이 생각하는 것처럼 정치상황에 관해 멘붕이라 하지 않고, 조합원들은 활동가들이 생각하는 것처럼 노동운동에 관해 멘붕이라 여기지 않는다. 현장은 관성대로, 있는 그대로 흘러간다. 일상은 그런 것이다. 현실에 기초한 상상력을 어떻게 갖느냐에 따라 멘붕의 상태가 결정된다.

사실 나 역시 갑갑함을 떨쳐내진 못했는데 최근에 와서야 그동안 틈틈이 써온 에세이를 다시 묶어보기로 결심했다. 이 책의 발간으로 외로움을 조금이나마 삭혔으면 하는 바람에서다. 좋은 글이라고 자신할 수는 없지만 기회가 될 것이라고 생각한다.

상상력이 클수록 외로움은 커지게 마련이다. 그렇다고 현실만 직시할 수도 없다. 인간이라면 누구나 상상을 하기 때문이다. 상상과 현실의 갭이 그 사람이 갖고 있는 외로움의 상태와 크기를 말해주는 것인지도 모른다.

　문자가 가장 효율적으로 인격화한 트위터, 노동운동에 관한 소회, 생활의 소소한 발견과 영화에 관한 이야기 등에 관해 말할 기회를 준 북랩의 손형국 대표께 먼저 감사드린다. 민주노총 사무총국 성원으로서 삶과 운동에 관한 생각을 갖도록 해준 조직에도 감사드린다. 그리고 변변치 못한 수준의 책을 낼 수 있도록 내조를 아끼지 않은 아내 조은숙씨, 6년 만에 연락이 되어 발간을 격려해준 『오존 O3들의 평생학습살롱』 저자 최선주씨께도 감사드린다.

2013년 3월

월계동 집에서

제1부 140자 상상력, 트위디

트위터, 자신감을 갖자

작년 7월 22일 일요일 새벽 내게는 의미 있는 일이 생겼다. 트위터 팔로워 10만 명을 달성했기 때문이다. 2010년 12월 16일 트위터를 시작한 지 1년 8개월(614일)만이다. 1일 평균 163명의 팔로워가 만들어진 셈이다. 1만 명은 재작년 3월 11일(83일), 2만 명은 4월 10일(118일), 3만 명은 6월 20일(189일)이었다. 이후 특별히 날짜를 세지 않았지만 결국 10만 명의 팔로워가 등록되는 순간이었다. 팔로워는 별것 아닌 것 같아도, 트위터의 양질에 큰 영향을 주는 인자다. 전화번호와 명함을 많이 갖고 있는 것과 비슷하다. 물론 그 많은 연락처가 삶에 큰 영향을 준다고 할 수는 없다. 그렇다고 무의미한 것은 아니다. 트위터는 실제로 일어나는 소통행위다. 그만큼 잘 활용하면 잠재적 가치는 충분할 것이고 스마트폰 하나로 가능한 일이다. 팔로워를 만들 때는 스마트폰으로만 팔로잉하는 게 중요하다. 시간과 장소의 제약 없이 효율적인 접근이 필요하기 때문이다. 데스크탑은 불편하기 짝이 없다. 팔로잉할 땐 상대에 대한 분석도 중요하다. 팔로잉이 팔로워보다 많은지, 최근에 남긴 멘션의 흔적, 팔로워와 멘션의 비율, 외국인의 경우 그 나라 시간상황, 심지어 캐릭터가 본인 사진이냐 아니냐에 따라서도 접근도는 달라진다. 중요한 것은 트위터 성향과 참여 정도를 파악하는 것이다. 트위터들의 팔로워 구조를 살펴보면 대개 몇 가지 특징들이 발견된다. 유명인들의 경우 팔로잉과 팔로워가 불균형적이다. 대개 팔로워가 팔로잉에 비해 비대하다. 예컨대 이외수씨의 경우 팔로워가 160만 명인데, 팔로잉은 1만 명 조금 넘는다. 팔로잉은 자유지만 기브앤테이크 정신에 어긋난다. 누군가로부터 팔로워가 된다는 것은 반대로 누군가를 팔로잉할 의무도 가져야 하는 것이다. 반대로 팔로잉이 팔로워에 비해 비대해질 수 없다. 10% 리미트(제한) 제도가 있기 때문이다. 팔로워와 팔로잉을 등한시하는 경우도 많다. 멘션(멘트)의 숫자가 비대한 경우다. 자기 할 말만 하고, 관계 맺기는 별로 신경 쓰지 않는 현상이다. 자신의 멘트가 영향력을 얼마나 줄 지에 대해서도 별로 기대하지 않는다. 자기만족적으로 트위터를 하는 유형이다. 작년 총선과 대선을 계기로 SNS에 대한 호불호가 갈리는 것 같다. 스마트폰에 대한 아이들의 중독성에 대해 문제제기도 상당하다. 어쩌면 인간이라는 존재는 관계와 소통에 본질이 있는 것 같다. 소통에는 갈등, 협력, 협상, 타협, 고독, 인식 등 무한한 가치와 지점들이 존재한다. 스마트폰이 대세인 지금 트위터를 과소, 과대평가할 필요는 없다. 다만 하다 보면 요령도 생기고, 특징도 발견하게 될 것이다. 여유를 갖고 트위터와 팔로워에 자신감을 가져볼 일이다.

라이브시대의 도래

지금 우리는 '라이브(live)'시대에 살고 있다. 일찍이 현장은 존재했지만 단편적인 시간의 흐름이었다. 라이브는 모두가 참여하고, 느끼는 새로운 시대의 체험이고 초유의 일이다. 모든 것은 지금이다. 지금이 기준이다. 우리의 노래, 이야기, 아픔, 기쁨, 무용담 모두가 '지금'이라는 현실 위에 공유되고 있다. 진실이 있다면 그 기준은 바로 지금이 될 것이다.

세상에는 '실시간보기'(라이브)와 '다시보기'의 두 가지가 있다. 역사는 이의 총합이다. 우리가 갖는 삶의 묘미는 지금의 순간에 있으며, 매 실시간 공유되는 장으로 참여가 이루어지고 흡수된다. 리얼 버라이어티를 표방한 방송프로그램 〈1박 2일〉(KBS2), 〈무한도전〉(MBC), 〈런닝맨〉(SBS), 각종 토크쇼 등이 각광을 받는 것도 라이브 시대로 가고 있음을 말해준다.

최근 트위터의 열풍은 라이브 시대의 전형을 말해준다. 트위터는 라이브의 배열이고, 이 배열을 매개로 한 참여의 장이며, 매시기 지금이 소중한 현실임을 일깨워준다. 모든 에너지는 라이브로 사라지

며 그 일부가 다시보기로 재현된다. 존재와 운동의 원천인 에너지
는 총량이 일정하지만 한 곳으로 흘러 폐기된다. 우리가 기억하는
과거는 그 폐기된 에너지의 일부일 뿐이다.

트위터는 싸이홈피가 가출한 것이다. 자동차, 가구, 집기 등을 다
팽개치고 달랑 휴대폰만 갖고 나간 것이다. 현관문을 드나들 필요
도 없고 누군가로부터 구속받을 이유도 없다. 다만 가출한 외로움
은 서로에게 의존을 낳는다. 협력관계는 이로부터 생긴다. 트위터는
음악장르로 따지자면 랩과 같다. 멜로디에 의존하지 않듯 서론, 결
론이 필요치 않고 비밀까지도 공유되는 솔직함이 있다.

트위터는 이제 진실이 매실시간 펼쳐지는 공유의 장 위에 있음
을 목격하는 것이다. 트위터는 존재에 대한 물음이며 이는 매실시
간 유지되는 생명의 운동과 그 관계의 파생이 가져다주는 다양성
과 놀라움이다. 트위터는 매실시간 파생되는 의식의 소중함을 일깨
워주지만, 함께 매번 소진되어 증발되는 의식(멘트)에 대한 경각심
도 준다. 누구나 자신의 이야기를 들어주길 바라며 그 순간 멘트는
이탈되고 만다.

트위터는 압축과 팽창의 기술이다. 트위터는 앞뒤의 생략된 지금
의 이야기를 압축된 형태로 펼쳐놓는 것이고, 앞뒤 이야기가 팽창

되어 이해되기를 바라며 가능성을 열어놓는 것이다. 압축과 팽창의 변증법, 트위터의 핵심이다. 트위터는 낯선 인류와의 무차별 만남이자 반응이다. 거세된 스킨십 대신 의식의 공감이 뒷받침된 참여욕구의 발로다. 트위터는 비로소 문자가 인격화한 인류문명의 최후의 은유이자 상징의 통로다. 트위터는 평등과 참여의 함수를 완성시켜 나간다.

'옷깃만 스쳐도 인연'이라고 했지만, 이제는 손끝 아니, 지문의 아주 미세한 피부 한 조각의 센스(터치)만으로도 인연이 차고 넘친다. 트위터는 인연의 영겁을 향한 최고의 속삭임과 사교술임에 틀림없다. 트위터는 가장 빠른 관계 맺기이고 가장 지성적인 교류다. 인간은 비로소 문자와 이미지만으로 무차별적이고 광범위한 만남에 이르렀다. 어느 시대에도 경험하지 못했던 대면이기에 시공을 초월한 인류애로 향한 여정이 시작된 셈이다.

인류가 참여하는 트위터의 놀라움은 근대 인간이 마주한 신의 영역에 대한 인상과 비슷하다. 유한한 인간의 교류의 한계가 트위터 앞에 멈춰 섰다. 트위터 게시판은 21세기 성경이다. 수많은 사람들의 참여의 장이자, 사연들이고 이야기들이기 때문이다. 다른 점이 있다면 업데이트와 참여자가 수도 없이 늘어난다는 것이다. 진리로 향하는 진짜 성경이 생긴 셈이다.

그럼에도 사실 트위터는 종교와 거리가 먼 행위다. 트위터는 매 실시간이 중요한 것이며 어느 누구도 개입하지 않는 인간의 자발적인 행위이다. 참여만이 고유한 것이며 사람들끼리의 연결만이 있기에 신이 개입할 여지는 어디에도 없다. 신이 여전히 존재한다면, 이제 헤아릴 수 없는 트위터의 무용담과 이야기들 속에 전해진다는 것이다. 성경보다 몇백 배, 몇천 배 더 많은 이야기들이 진실이고 현실인 셈이다.

출산율이 낮은 고령화사회에서 밀레니엄 아이들이 믿는 산타할아버지의 신비감은 이제 없다. 인터넷의 네트워크로 중무장한 아이들에게 산타는 참여와 공유로 향하는 관계들의 끊임없는 교류로 대체되고 있다. 이제 산타는 트위터이다. 모든 이야기 전달은 산타가 아닌 트위터가 대신한다. 굴뚝이 아닌 전파와 케이블이 통로이고, 양말에 들어갈 선물은 트위터가 장착될 스마트폰이다.

'고요한 밤 거룩한 밤'은 이제 '분주한 밤 평범한 밤'이 되고 있다. 전 지구적 일상의 교류와 이야기들은 밤낮 없는 트위터의 전시장 위에 놓였다 사라지는 것을 수도 없이 반복한다. 신기하지만 어디에도 거룩함은 없다. 트위터는 서신우편의 역사도 뒤바꿔놓고 있다. 독립된 문자인격체가 만나 전하는 안부와 사연들의 배열과 이탈, 트위터라는 21세기 우편이 대신하고 있다.

영웅의 시대도 마감하고 있다. 21세기 우리 모두가 영웅이고 주연이다. 트위터의 탄생은 우리 모두가 참여의 주인이고 메신저임을 선언하는 것이다. 이제 영웅의 무용담이란 실시간 엮이는 지금 우리의 이야기들이다. 트위터는 휴대폰이 만든 소통방식의 일대 혁명이다. 매 실시간 의식의 표현 욕구는 정체상태에선 뭔가 부족하고 이동과 같은 흐름에서 포착되기 때문이다. 이동하며 사고하고 표현하는 매력이 있는 것이 트위터다.

역사는 시간의 흐름이고, 선별된 기억이다. 이는 서사로 편집되고 소통된다. 인간의 모든 행위와 의식이 갖는 기록들을 저장하는 서버는 이 세상에 없다. 삶의 순간, 매 찰나는 힘의 원리가 적용되는 행위의 계기이다. 우리가 이 세계를 정의할 수는 없어도, 뭔가 관계의 엮임 속에 어디론가 흘러가고 있다는 사실이다.

우리가 매년 하고 있는 사업평가란 사실상 스토리지(서버)의 편집 행위로써 다시보기 영역이다. 이 다시보기 영역이 주요한 비중을 차지하던 시대가 있었다. 하지만 이제 라이브 시대를 맞고 있다. 물론 인간은 뭔가를 기억하고 추억하는 일에 몰두하기도 한다. 하지만 결국 사회가, 참여하고 엮이는 라이브 시대에 접어들고 있다는 흐름에 주목할 필요가 있다.

트위터는 하나의 방식의 문제지만 그 원리가 매시기 일어나고 있는 참여의 장이고 콘텐츠라는 점에서 특별한 의미를 갖는다. 이제 인간은 증발되는 의식과 행위, 기억에서 제외되는 양식에 대해 질문을 던지고 있다. 우리가 갖는 매시기별 의식과 존재의 기억을 저장하기 위한 노력, 문서와 동영상 등 각종 기술의 진보와 소통관계는 이로부터 생겨난다.

민주노총의 힘은 무엇이고 어디에 있는 것일까. 책걸상, 집기들, 사업예산과 재정, 각종 문서들, 무용담, 서사들 등인가. 아니면 조합원 사람들인가. 문제는 참여하는 것이고, 참여의 장에 엮여나가는 것이다. 학자들과 교수들, 온갖 지식인들이 그렇게 많은 문서를 갖고 방대한 자료를 갖고 있다 해도 쓸모가 적다. 실제 힘은 현장에서 지금 행사되는 것이고, 이에 착안하고 엮이는 것이다.

역사는 시간이고, 시간은 쪼개지고 나뉘면서 전진한다. 공간은 관계의 장이고, 참여의 장이다. 시간과 공간의 상대적인 에너지의 활용과 운용이 힘의 속성이다. 그 에너지의 발현은 시대마다 다르고, 소통방식에 따라 다르다. 적어도 라이브의 현재적 재현, 참여하는 지금이 현실이고 힘이다. 실시간 즉흥의 방식을 점차 띠어가고 있는 21세기 사회는 다양성으로 표현되는 관계의 산물이다. 이는 분산된 네트워크로 참여의 형태로 발현된다.

우리는 누군가 우리의 영역과 목적에 좀 더 많은 시간을 갖고 매여 있길 원하고 집중하기를 원하지만, 그럴수록 점점 그렇게 되지 않음을 본다. 이는 구성원들이 자신의 하나뿐인 인생에서 힘의 집중과 활용을 느끼고 있기 때문이다. 그렇게 즐기던 술도 건강에 문제가 생겨 줄이는 현상이 목격되고, 건강을 위해 운동시간에 좀 더 할애하고 투자하는 자신들을 발견하게 된다.

실시간 영역은 라이브, 컬트문화, 지금, 욕망, 쾌락, 스트리밍, 웹페이지, 로밍, 링크, 방송, 사건 등이다. 다시보기 영역은 역사, 축적, 성찰과 상상의 토대, 시나리오의 기반, 삶의 근거, 궤적, 재현, 녹화, 녹음, 영화, 반복, 복사 등이다. 지금은 라이브 시대에 맞는 사업방식과 고민에 착안하고 접근해야 할 때다. 어떠한 것도 결국 휘발되고 남는 것은 현실 참여의 장이다. 우리는 힘의 원리를 새롭게 느끼고 있다.

관계 담론의 정복자

트위터는 누구나 처음 겪어보는, 가장 많은 사람들과의 로맨스다. 한 인간이 평생 동안 맺는 친밀한 관계의 수는 50~150명 정도다. 트위터가 관계를 확정짓는 보증수표는 아니지만, 관계를 만들고자 한다면 한계는 없다. 이제 인간은 완벽한 족보를 만들고 있는 중이다.

트위터는 문자메시지와 싸이홈피가 절묘하게 배합되고 평균화되어 나온 '문자홈피'다. 트위터는 게임의 캐릭터와 문명의 문자가 결합된 가장 사회화된 형태의 소통수단이다. 언어가 아닌 문자가 인간관계를 낳는 완벽하고 총체적인 인문기술인 셈이다. 비로소 문자가 인격을 획득했다.

트위터는 싸이홈피가 가출해 빈털터리가 되어, '문자메시지'로 집에 돌아온 것이다. 비교적 단순하고 불안정하기 짝이 없는 한때 관계를 청산하고, 진정한 자아를 찾아 나선 것이 트위터다. 비로소 인간은 문자인격체로 대면을 거듭하고 있다.

트위터는 '낱말잇기' 놀이를 삶의 영역으로 끌어들여 만든 '멘션잇기' 놀이다. 우리는 끝이 어디인지 모르고, 밤을 새는지도 모를 정도로 수도 없이 멘션잇기를 한다. 낱말은 끝을 보게 마련이지만 멘션은 끝이 없다. 지독한 낱말잇기인 셈이다.

트위터는 관계의 변증법이다. 팔로잉과 팔로워가 자체 모순에 의해 서로 변증법적으로 수렴하는 것이기 때문이다(팔로잉=기대치, 팔로워=실제값). 기대치와 실제의 차이에 의해 팔로잉과 팔로워가 서로를 규제하며, 관계의 양적 변화로부터 질적 전환을 가져오게 된다.

트위터는 뜻밖의 심오한 여행이다. 처음에는 낯설다가 익숙해지면 친근해진다. 문득 나설 땐 설렘이 앞서다가 막상 들어가 보면 흥분이 줄어든다. 그럼에도 우리는 트위터의 문턱을 벗어나지 못한다. 또 다른 이야기와 사람들이 땡기는 걸 보면 영락없는 여행이다.

트위터는 인정하고 싶지 않지만 참으로 여성적인 것이다. 자기도 모르게 수다를 떨고 있는, 이를 즐기는 자신의 모습을 발견하기 때문이다. 우리는 어느새 시시콜콜 '왈가닥'이 되어 있다. 비로소 남성과 여성이 '동기화'되기 시작했다.

또 트위터는 참으로 에로틱한 것이다. 자기도 모르게 무차별적인 이성의 멘트와 이미지에 혹하고, 이를 즐기는 자신의 모습을 발견하기 때문이다. 우리는 어느새 '내밀함'에 젖어들고 있다. 비로소 보편적 친밀감이 '동기화'되기 시작했다.

트위터는 또 다른 〈시크릿가든〉이다. 존재를 극복하려는 길라임의 이야기처럼, 수많은 관계가 드라마로 엮이기 시작했다. 비로소 관계의 한계가 비밀을 털어놓기 시작했다. 무제한의 대화와 교류의 판타지세계로 이미 들어가 있는 셈이다.

트위터는 커피로 치면 에스프레소다. 반면 페이스북은 라떼, 블로그는 카푸치노나. 트위터는 가장 진한 입축 엑기스 원액밋, 페이스북은 친근하고 달콤한 맛, 블로그는 수사가 화려한 거품맛이 특징이다. 압축된 정제 원액인 멘션은 알티에 의해 먹기 좋은 아메리카노가 된다.

몸에 비유할 때 트위터가 세포라면 페이스북은 심장에 가깝다. 세포분열과 복제가 일어나듯 항상 실시간 흐름에 있는 것이 트위터라면, 페이스북은 혈액의 일정한 거처와 정체되는 공간으로 작용한다. 그럼에도 살아 숨 쉬는 관계를 향한 생명으로의 본능은 같다.

페이스북이 유교라면 트위터는 그나마 불교에 가깝다. 조상을 모시듯 유적 인간의 정과 덕을 기리는 것이 페이스북이라면, 혼자 수도 없이 즉흥적으로 멘션을 하면서 관계에 대해 끊임없이 질문을 던지는 것은 트위터다. 무한한 관계와 인연을 맺길 바라는 공력은 같다.

페이스북이 장기라면 트위터는 바둑이다. 비슷한 기물들이 서로 공통의 궁성 안으로 좁혀가며 승부를 보는 것이 페이스북이라면, 무한의 공간에서 한 점 한 점 놓이는 돌들이 서로의 관계를 규정하는 것은 트위터다. 그럼에도 관계를 향한 수읽기로 한 수 한 수 놓는 것은 같다.

페이스북이 바이올린이라면 트위터는 기타다. 끊김 없는 선율이 애절함과 향수를 불러일으키며 청중을 모으는 방식이 페이스북이라면, 스트로크와 애드립주법으로 음계를 오르내리며 수많은 조합을 만들어내는 것은 트위터다. 그럼에도 관계라는 화음을 향한 연주는 같다.

페이스북이 마라톤이라면 트위터는 100미터 달리기다. 순발력과 힘을 한곳으로 최대한 압축하고 모아야 하는 것이 트위터라면, 페이스북은 일정한 호흡과 힘의 분배가 필요하다. 그럼에도 관계를 향한 질주와 완주를 목표로 한다는 것은 같다.

페이스북은 니트이고 트위터는 스포츠웨어다. 포근한 촉감과 따뜻한 느낌의 옷감처럼 감성에 무게가 있는 것이 페이스북이라면, 날렵하고 세련되면서 시크한 온갖 유성과 기능성으로 무장한 것은 트위터다. 섬유질이라는 관계로서 온기를 감싸고 있는 것은 같다.

페이스북이 재래시장이라면 트위터는 할인매장이다. 매번 상품이 연고지를 중심으로 들어오고 나가는 것이 페이스북이라면 똑같기도, 다양하기도 한 것이 항상 그 자리에 있다가도 없어지는 것은 영락없는 트위터다. 누군가 가치를 비슷하게 매기는 것은 같다.

페이스북이 찌개라면 트위터는 피자다. 얼큰함과 고향의 맛, 언제나 부담 없고 항상 시간적인 구애를 받지 않는 것이 페이스북이다. 반면 빠른 배달, 중독성과 세련된 맛, 순간적으로 즐기는 맛을 느끼는 데는 트위터만한 것도 없다. 하지만 먹는 데 왕도가 없기는 마찬가지다.

페이스북은 우물이고 트위터는 수돗물이다. 언제든지 마음만 먹으면 길을 수 있는 물의 깊이와 그윽함이 있는 것이 페이스북이라면, 틀면 콸콸 쏟아지다가도 잠그면 금방 말라버리는 모양새는 순간에 강한 트위터의 속성이다. 그럼에도 여전히 목말라하는 것은 같다.

페이스북이 한식집이면, 트위터는 뷔페다. 아담한 상차림과 코스요리가 정감 있게 구미를 당기는 식탁이 페이스북이면, 온갖 종류의 메뉴와 먹을거리가 즐비하고 넘침에도 한정된 식탐에 그칠 수밖에 없는 것은 트위터다. 그럼에도 또 다른 메뉴를 찾아나서는 것은 같다.

페이스북이 남성지갑이면, 트위터는 여성핸드백이다. 명함, 지폐, 카드가 들어 있고 열리는 횟수가 적은 것이 페이스북이라면, 여기에다 화장품, 손수건, 책, 휴대폰 등 온갖 비품이 더해지고 수시로 여닫는 것은 트위터다. 자신에게 소중한 자산이라는 점은 같다.

페이스북은 나무이고, 트위터는 숲이다. 잎과 줄기, 뿌리의 연결이 가져다주는 생명력의 끈기를 보여주는 것이 페이스북이라면, 수많은 종이 모여 거대한 관계를 만들고 자양분을 공급하는 것은 트위터다. 그늘과 휴식과 삶의 토양을 주는 것은 같다.

트위터는 소설이고 소셜이다. '소셜'은 또 하나의 소설이다. 소설이 어떤 서사와 상상력을 전달해준다는 점에서, 트위터만큼 강렬한 것도 없다. '소셜'에서는 모두가 작자이고, 등장인물이고, 끝도 없는 서사의 주인공들이다. 우리는 21세기 밀레니엄시대의 르네상스를 맞고 있다.

트위터는 수다와 인문학과 인터넷이 결합한 인류 초유의 관계과학이자 담론이다. 비로소 인간은 일거수일투족 개인 일상의 모습을 기억의 쓰레기장에서 공론의 장으로 이끌어내는 데 성공했다. '인간은 사회적 동물'이라는 정의가 입증된 셈이다.

인맥 찾아나선 연금술사

트위터는 연금술사다. 우리는 정처없이 떠도는 것 같지만, 관계의 금맥을 찾아다닌다는 점에선 똑같다. 주옥같은 멘션을 만들고 또 상대에게 아름다움과 감동을 주기 위해, 우리들은 지금도 미지의 타임라인 인맥을 찾아 나선 연금술사임에 틀림없다.

트위터는 SF다. 광활한 공간에 떨어진 한 점들이 갑자기 무한한 힘을 발휘하듯, 순식간에 사라지는 멘트들이 부지불식간 다가오기 때문이다. 트위터는 터치 여하에 따라 변화무쌍한 변신을 하는 트랜스포머인 셈이다. 타임라인은 엄밀히 말하면 스페이스라인이다.

트위터는 고해성사다. 우리는 신기하게도 자신의 일거수일투족을 여과없이 고해바치는 데 주저함이 없다. 과오도, 뉘우침도, 자랑까지도 털어놓고 만다. 숭배와 의식에 대한 비밀이 없다는 점이 종교적 행위와 다를 뿐이다. 우리 모두가 신부이고 신자인 셈이다.

트위터는 살아 있는 납골당이다. 수많은 우리의 사연들과 외침들이 순식간에 수명을 다하고 사라지는 것이고, 그 많은 멘션들은 어떤 항아리에 묻혀 봉인되어 간직되고 만다. 그럼에도 우리는 추억의 그곳을 잊지 못하고 여전히 끝도 모를 항아리를 준비해놓고 있다.

트위터는 21세기 새마을운동이다. '초가집도 고치고~ 마을길도 넓히고~', '싸이홈피도 고치고~ 인생길도 넓히고~'. 정부가 아닌 네티즌주도형이라는 점이 다르다. 우리는 의식주가 있어야 하는 곳을 넘어 영혼이 교류할 수 있는 곳으로 무형의 건축물을 짓고 있다.

트위터는 쉼표다. 삶은 마침표의 연속이지만, 그 연속선상에 끊임없이 의미를 부여하는 것은 이제 트위터라는 쉼표다. 경쟁과 속도는 마침표, 협력과 관계는 쉼표다. '쉼 없는 쉬어감'이 바로 트위터의 속성이다. 트위터는 이제 마침표에 꼬리를 달아주는 쉼표가 되고 있음이다.

트위터는 느낌표다. 삶은 마침표와 쉼표의 연속이지만, 그 연속선상에 끊임없이 의미를 새기는 것은 이제 트위터라는 느낌표다. 경쟁과 속도는 마침표, 협력과 관계는 쉼표, 소통과 감동은 느낌표다. 트위터는 이제 마침표를 일으켜 세우는 느낌표가 되고 있다.

트위터는 메아리다. 소리가 되돌아오는 것처럼, 의미가 되돌아오는 것이 트위터다. 우리는 타임라인 정상에 올라 멘션을 외치고, 그 멘션은 알티로 메아리친다. 메아리는 이제 자연이 아닌 문명의 도시에서 활개치고 있는 셈이다. 이토록 울림이 큰 메아리는 난생 처음이다.

트위터는 페미니즘이다. 스마트폰이 대세인 지금 트위터를 하는 여성들이 늘고 있다. 가녀린 손가락은 남성보다 유리하고, 터치의 감성도 여성들에게 친숙하다. 수다문화는 약점이었던 관계 확대에 오히려 힘이 되고 있다. 로망을 향한 여성들의 아지트가 공고해지고 있음이다.

트위터는 이어폰이다. 귀를 막고 청각의 세계에 빠지듯, 입을 막고 수다의 세계에 빠지는 것이 트위터다. 너도나도 빠져들지만 빠져 있다는 생각을 하지는 않는다. 소통이라는 외줄에 의지한 채 자신을 향한 세계로, 끝없는 질주와 향연을 펼치고 있음은 똑같다.

트위터는 질투다. 천 명, 다음에는 2천 명, 5천 명, 1만 명……, 그 맛을 알수록 팔로워 부자가 대단해보인다. 감칠맛 나게 멘션을 하는 트위터들을 보면 시샘이 돈다. 무엇보다 친밀한 사람을 곁에 두고 하는 트위터는 대개 불평으로 되돌아온다. 휴대폰과 배우자가 뒤바뀌는 느낌이다.

트위터는 아고라다. 트위터에 비하면 〈100분토론〉은 100분의 1도 안 되는 넋두리에 불과하다. 토론에 쏟아내는 멘션은 100분의 몇 제곱이 될지 알 수 없고, 토론자는 방송국에 다 들여보내도 부족하며, 토론주제는 선택에만 100분이 주어져도 부족할 정도로 무한하다.

트위터는 백화점이다. 상술은 없지만 우리는 상행위를 하고 있다. 누군가에게 잘 보이게 하기 위해, 한 번이라도 더 관심을 갖게 하기 위해 우리는 갖은 애를 쓴다. 그리고도 가끔은 남들이 봐주지 않는 것 같아 속상할 때가 있다. 멘션이라는 상품, 진열될수록 성가시기도 하다.

트위터는 케이블방송이다. 공중파 정규방송의 격조와 권력의 유인을 넘어, 공과 사를 망라한 다종다양한 채널을 갖는다. 우리는 각자가 채널이고 멘션 각각이 프로그램이다. 실시간방송은 24시간이 모자란다. 광고와 선전도 없다. 지독한 방송이다.

트위터는 어머니다. 우리는 트위터를 하면서 지속적인 관심과 배려, 온정을 베풀어야한다는 것을 배운다. 왜냐하면 그런 경우는 언제든지 곧 자신에게로 되돌아오는 문제이기 때문이다. 수많은 멘션들은 결국 한 번 더 알티를, 한 번 더 손길을 주길 바란다.

트위터는 서열로 따지면 '맏이'가 아닌 '막내'에 가깝다. 트위터는 어떠한 책임감보다는 관심과 애교의 사인을 주고받는 행위이기 때문이다. 트위터가 묵직함보다는 날렵함, 듬직함보다는 가벼움을 주는 것도 영락없는 막내다. 어머니이자 막내인 것이 묘하다.

트위터는 거울이다. 우리가 그렇게 자신만의 것이라 우기며 수도 없이 멘션을 하고 알티를 하고 댓글을 달고 쪽지를 보내도 여전히 허전함을 느끼는 것은, 결국 거울을 보듯 모두가 똑같은 행위의 반복으로 보이기 때문이다. 인간은 서로 다른 것 같지만 뭔가 닮아가려는 본성이 있다.

트위터는 골프다. 광활한 잔디 위로 수많은 샷과 퍼팅을 하지만 결국 구멍 하나가 목표인 것처럼, 그렇게 많은 멘션을 날리고 알티를 하지만 결국 목표로 하는 것은 관계 그 자체다. 골프는 스윙이 기본이고, 트위터는 팔로잉이 기본이다. 단 한 번에 적중할 때를 원하는 것은 똑같다.

트위터는 불가사의다. 팔로잉과 팔로워의 주종관계는 '알이 먼저냐, 닭이 먼저냐'처럼 비밀 그 자체다. 멘션과 알티가 셀 수 없을 만큼 많은 것도 의문이다. 24시간 그렇게 많은 사람들며, 끝없는 관계의 조합도 미지수다. 알 것도, 모를 것도 같은 흥분의 연속이다.

밀레니엄 명함

트위터는 밀레니엄 명함이고 족보다. 그렇게 많은 명함도, 가가호호 대대로 내려오는 어떠한 족보도 트위터에 비하면 새발의 피다. 성도, 직업도, 혈통도, 가문도 필요 없다. 이제 멘션이 가훈이고, 알티가 명함이고, 팔로위가 족보다. 이제 인간은 죽어서 이름이 아닌 트위터를 남긴다.

트위터는 아바타다. 실제 멘션의 뜻은 알아보지만 멘션의 주인에 대해서는 잘 모른다. 알티의 경우도 독해는 가능하지만 그 주인공에 대해서는 잘 모른다. 트위터는 정말 배후가 많다. 보이는 것은 죄다 타임라인의 멘션이고 알티다. 그래도 관계에 크게 개의치 않는다.

트위터는 라면이다. 주식 쌀의 농경문화를 근대산업사회로 바꾼 것이 라면이라면, 안부문화와 관계의 정의를 바꾼 것은 트위터다. 남녀노소 누구나 3분 이내에 즉석에서 금방 익혀 맛있게 소화시키는 것은 똑같다. 정량에 비해 실제 많게 느끼는 것은 정말 똑같다.

트위터는 전동차다. 사람들의 왕래가 끊이지않고 어디론가 이동하듯, 수많은 멘션과 알티들이 줄을 이어 움직이는 모습은 영락없는 전동차다. 타임라임은 역과 출구이고, 멘션은 군중이며, 알티는 티머니의 신호다. 끊임없이 목적지를 향해 이동하는 것은 똑같다.

트위터는 드라마다. 멘션은 대사이고, 알티는 시청률이며, 팔로워는 시청자다. 우리는 모두가 타임라인이라는 무대의 배우로서 주연이고, 조연이다. 대본은 없지만 관계를 맺어가는 각본으로는 역사상 최고다. 작가는 없지만 이야기를 풀어가는 능력은 정말 최고다.

트위터는 소라껍데기다. 겉으론 무생물 껍데기이지만 귀를 기울이면 심연의 바다를 품은 소리를 듣는 것처럼, 트위터도 겉으론 대형 넋두리장 같지만 귀를 기울이면 역사의 면면을 품은 관계를 잇고 있음을 확인한다. 무생물이 생물의 역사를 체현하고 있음이 놀랍다.

트위터는 손톱이다. 표피로부터 자라나 자신의 성질을 벗고 각질화한 것이 손톱이듯, 수많은 관계의 날것 속에서 자라나 자아를 독립시킨 것이 트위터다. 자라나다 추할 땐 잘라 정리하듯, 멘션도 수없는 교정으로 정립되어간다. 어떤 역사를 차곡차곡 쌓는 것은 똑같다.

트위터는 철학이다. 사실 트위터는 얼핏 타인과의 대화인 것 같지만 깊이 들어가보면 끊임없는 자신과의 질문이자 소통이다. 궁극적으로 누군가에게 관심, 사랑, 인정을 받고자 하지만 결국 출발점은 항상 자신에게 피드백되고 만다. 우리는 어느새 철학자가 되어 있다.

트위터는 과학이다. 타임라인에 그렇게 많은 수다를 떨고, 일상까지 소상히 늘어놓는 행위가 우연하고 질서없는 일로 보이지만 사실은 팔로잉과 팔로워가 서로를 규제하고 견인하면서 진행되는 법칙과 체계가 작용하고 있다는 것이다. 우린 어느새 과학자가 되어 있다.

트위터는 슬리퍼다. 어떤 예의나 격식을 차리지 않아도 되고 가장 편한 차림의 탈부착이 장점이듯, 트위터도 어떤 양식이나 격조에 구애받지 않고 자유자재로 멘션, 알티, 댓글 등으로 표현할 수 있다. 부담없이 언제든지 교체가 가능하지만 없으면 불편한 것은 똑같다.

트위터는 화장이다. 매일 거울 앞에서 또 다른 자신의 캐릭터를 몇 번이고 고치기를 거듭하며 마음의 안정을 찾듯, 트위터도 삶의 거울 앞에서 몇 번이고 멘션을 고쳐가며 관계에 대한 재해석을 내리기를 거듭한다. 우리는 새로운 화장법을 익히고 있고 남성도 예외는 아니다.

트위터는 벌집이다. 건드리지 않으면 평화롭기 그지없이 꿀을 모으지만, 건드렸다 하면 전쟁불사다. 트위터도 소통을 만끽하다가도 느닷 이슈가 생기면 벌떼같이 달려든다. 꿀처럼 달콤한 이야기와 밀월여행이 타임라인 칸칸에 위치해 있다는 것도 어딘가 모르게 닮았다.

트위터는 DNA다. 이중나선구조 배열 안에 생명의 형질을 전환시킬 수 있는 정보가 새겨져있는 것처럼, 인류역사상 유일하게 관계의 형질을 전환시킬 수 있는 정보가 끊임없이 새겨지고 있는 것이 트위터다. 생명현상을 기본으로 인간 개체는 비로소 관계구조를 완성시키고 있다.

트위터는 빚이다. 멘션과 알티 구조는 채권과 채무관계이다. 알티를 함으로써 다시 알티로 돌려받는다. '기브 앤 테이크' 정신이 기본이지만 그렇게 안될 때도 있다. 대개 팔로워보다 팔로잉을 더 깔아놓기 마련이고, 이는 다 빚이다. 우린 이제 진지한 빚잔치를 벌이고 있다.

트위터는 라인이다. 라인이란 어떤 과정의 출발점이자 결승점을 뜻한다. 인간은 비로소 최초로 무한대의 관계맺기에 도전하기 시작했고, 동시에 정립된 자아로 나아가는 거대한 여정의 목표점을 향해

진군하고 있다. 그 길 위에 트위터가 서 있다. 정말 놀랍고 벅차다.

트위터는 백신이다. 분화된 밀레니엄시대를 살아가는 현대인들은 누구나 외롭고 고독하다. 이에 한줄기 빛을 던져준 것이 트위터다. 우리는 언제든지 표현할 수 있고, 환대받을 수 있으며, 알티를 통해 공감할 수 있다. 정말 지금 시대에 딱 맞는 백신이 아닐 수 없다.

트위터는 아스피린이다. 점점 고립화되고 소외되어가는 현대인들은 관계에 대한 열병을 앓는다. 그나마 트위터가 그 욕구를 채워 열을 내리게 한다. 혈관 속의 핏덩이인 혈전이 생기지 않도록 하는 기능은, 마르지 않는 멘션이 잘 흐르는 타임라인의 트위터와 꼭 닮았다.

트위터는 링거액이다. 메마른 현대문명을 살아가는 우리는 우울증에 노출된, 세로토닌이 부족한 사람들이다. 야행성문화는 멜라토닌의 분비에 영향을 주지만, 우리는 밤새도록 멘션을 하기도 한다. 트위터는 사랑과 관계에 대한 결핍을 채워주는 영양제임이 분명하다.

트위터는 포스트잇이다. 지금 우리에겐 기억하고 챙길 일이 너무 많다. 이를 놓치지 않기 위해 색깔별, 크기별로 그 흔적을 수없이 뗐다 붙였다 하는 것처럼, 다양한 색깔의 느낌을 주는 멘션도 타임라인에 수없이 뗐다 붙였다 하는 포스트잇이다. 기억 탈부착용으로 트위터만한 것도 없다.

트위터는 계산기다. 팔로잉과 팔로워에 대한 숫자계산은 기본이다. 더 나아가 우리는 드디어 삶을 계산하기 시작했고, 이에 대한 단초를 준 것이 트위터다. 수많은 멘션과 알티는 일상과 관계가 갖는 의미의 숫자다. 우리는 이제 관계까지도 계산에 넣고 있음이다.

트위터는 우산이다. 맑고 쨍쨍한 날에는 아무 쓸모없는 물건이지만 궂거나 비가 오면 긴요한 물건인 것처럼, 평소에는 별 생각이 없다가도 외로움이 밀려올 때 절실해지는 것은 트위터다. 우산이 1인용인데 반해, 인원에 제한이 없는 것은 트위터만의 장점이다.

트위터는 담배다. 트위터의 맛을 제대로 느껴본 사람이라면 끊기 힘든 것처럼, 중독성에서는 담배 못지않다. 알티를 받거나 특히 수십 명의 팔로워를 받을 때는, 내뿜는 담배연기처럼 몽롱하게 날아가는 기분도 든다. 소통이 부족해지면 불안한 증상은 똑같다.

트위터는 짐이다. '공수래공수거'라는 말이 있지만, 사실 우리는 평생 관계라는 짐을 이고 산다. 결국 멘션이란 관계에 대한 어떤 책임 선언인 셈이다. 무인도에 가서 수억 개 멘션을 날린들 무슨 소용

이겠는가. 인간은 비로소 행복한 짐을 부려놓을 곳을 찾고 있다.

트위터는 밀레니엄시대 마르크스다. 근대 마르크스가 노동자계급의 위상을 격상시켜났다면, 이제 총망라된 인간 군상들의 위상을 올려놓는 것은 트위터다. 마르크스가 내놓은 사회주의는 소셜네트워크의 등장 속에 근접하고 있다. 트위터는 소셜주의의 또 다른 이름이다.

트위터는 통장이다. 현대인들이 살아가는 데 꼭 필요한 것처럼, 매일 꼬박꼬박 생산하는 멘션과 알티는 타임라인을 통해 교류되는 일종의 화폐다. 우리는 그 통장을 통해 팔로잉이라는 출금과 팔로워라는 입금 내용을 확인할 수 있다. 특별한 것은 남의 통장까지 확인할 수 있다는 점이다.

트위터는 가계부다. 주부들이 매일 소비품목을 낱낱이 적고 확인하는 것처럼, 트위터도 매일 소비된 멘션을 낱낱이 기록하고 확인한다. 매번 품목과 소비량이 일정한 것이 가계부라면, 트위터는 일정할 때도 있지만 파격적일 때가 더 많다. 사실 트위터는 가계를 넘어서는 관계부다.

트위터는 쇼핑이다. 필요한 물건을 사기위해 쇼핑을 하듯, 필요한 관계를 맺기 위해 우린 트위터를 한다. 때로는 아이쇼핑을 하듯, 멘션 없이 아이트위터를 즐기기도 한다. 수많은 인파 속에 욕망을 채우기 위한 행렬이 끝이 없기는 마찬가지다. 우리는 트위터홀릭에 빠져있다.

트위터는 쇼핑카트다. 물건을 실어나르기 의한 카트가 쇼핑의 기본이듯, 멘션을 운반하는 알티는 트위터의 기본이다. 100원짜리 동전 하나를 기다리며 줄지어 있는 카트처럼, 한 번 더 봐주길 바라며 줄줄이 엮여 있는 신세는 멘션도 마찬가지다. 발 없는 멘션이 굴러다닌다.

'맞팔'과 '막팔'의 변증법

트위터는 '맞팔'과 '막팔'의 변증법이다. 관계란 상호 거래질서에 기초한 맞팔이 기본이지만, 우리는 막팔이라는 적극적 의지의 유혹을 뿌리치기가 어렵다. 맞팔의 소비원리와 막팔의 생산논리가 확대 재생산 되는 구조가 트위터이다. 막팔로 인한 리밋은 정말 골치다.

트위터는 지그소 퍼즐이다. 트위터행위는 하건 말건 자유롭게 보여도, 사실은 관계가 서로 맞물려 돌아가는 모양맞추기 퍼즐이다. 퍼즐 조각이 전체는 몰라도 전체 속에서 차지하는 자신의 위치는 알 수 있듯, 트위터행위도 결국 짝을 찾아가면서 전체를 완성하게 된다.

트위터는 이어폰이다. 귀를 막고 자신만의 세계로 빠져드는 것처럼, 입을 닫고 무한한 멘션과 관계의 바다로 항해하는 것은 트위터다. 누군가를 의식하기보단 자신만의 영역을 구축한다는 점에서는 똑같다. 다만 트위터의 대상은 음원(音原)이 아닌 인원(人原)이라는 점이 다르다.

트위터는 부츠다. 신세대 여성들의 보온용 부츠가 각광받듯, 소외된 관계의 보온용 소통시스템은 트위터다. 날씬하고 군더더기 없는 패션으로 장족의 발전을 거듭하고 있는 것은 똑같다. 다만 트위터는 신체만이 아닌 의식, 심지어 관계까지 감싼다는 점이 다르다.

트위터는 밀레니엄 명절이다. 농경문화의 기억으로부터 추억과 감성, 그리움이 한곳으로 집약하는 이벤트가 명절이듯, 그 집단 기억의 회로로부터 현대문명의 흐름이 새로운 관계적 영역을 형성하는 어떤 질서가 트위터다. 분명 우리는 새로운 명절을 맞고 있다.

트위터는 카메라다. 구도와 앵글에 따라 한컷 한컷 기록된 것이 사진이듯, 주제와 의미에 따라 한 글자 한 글자 배열된 것이 트위터다. 수많은 사진 중에 몇 장을 골라내듯, 수많은 멘션 중에 몇 개를 골라내는 것은 똑같다. 사실 트위터는 관계라는 감광 의식의 현상화다.

트위터는 케이블이다. 컴퓨터와 각종 전기장비가 들어서면서 온갖 케이블이 얽혀있듯, 사회가 분화되면서 수많은 관계가 복잡하게 얽혀있음을 목격하는 것이 트위터다. 전기적, 물리적 흐름이 심리적, 화학적 반응으로 전화되고 있음이다. 정말 짜릿한 느낌이다.

트위터는 화분이다. 아파트문화가 되면서 자연과 교감하는 일상 중 하나가 베란다의 화분이듯, 현대문명이 들어서면서 타인과 소통하는 일상중 하나가 휴대폰의 트위터다. 땅이 아닌 화분에 영양분이 집약되어 있듯, 사람이 아닌 트위터에 인간성이 집약되어 있는 것은 똑같다.

트위터는 하이패스다. 교통체증과 정체시간을 최대한 줄이기 위헤 나온 방식이 하이패스이듯, 메시지 전달과 연락에서 효율성을 최대로 제고한 소통방식이 트위터다. 단말기를 통해야 한다는 것, 자신만의 통로가 정해져 있다는 것은 같다. 정말 신통한 세상이다.

트위터는 등산이다. 정상을 뻔히 눈앞에 바라보고서도 부단히 한 걸음씩 뗼 수밖에 없는 것처럼, 관계의 정상을 향해서도 멘션과 알티라는 한마디부터 출발할 수밖에 없다. 올라갈 땐 무거워도 내려올 땐 가벼운 것처럼, 팔로잉이 다소 무겁지만 팔로워를 보면 가벼워지는 것은 똑같다.

트위터는 처제들이다. 이성보다는 모성과 감성이 풍부한 처제들과의 관계가 그렇듯, 트위터도 이성에 의한 교류 같지만 알고 보면 140자 표현 구조 자체가 감성적 교류에 맞닿아 있다. 섬세한 수다문화와 최근 처가 열풍이 분위기를 이끄는 트렌드도 트위터와 닮았다.

트위터는 포커게임이다. 고스톱과 달리 자아형성에 유리한 카드게임이 포커이듯, 트위터도 각종 다양한 멘션 구사를 통해 자아를 표현하는 관계 게임이다. 게임의 승패가 겉에 드러나 있는 현상보다 베일에 가린 경험의 조합과 판단 여부에 따라 결정되는 것은 똑같다.

트위터는 목발이다. 다리를 다친 사람들의 재활을 위해 필요한 것이 목발인 것처럼, 마음의 상처를 입은 사람들의 재활을 위해 필요한 것은 트위터다. 치료 후에 목발은 필요 없는 데 반해, 트위터는 마음의 안정 이후에도 계속 필요할 수 있다는 점에서 참 묘하다.

트위터는 등대다. 망망대해 외로운 섬하나 바닷길을 알려주는 지표가 등대이듯, 수많은 관계 속에서 외로운 자신에게 통로가 되는 것은 트위터다. 등대가 어둠을 밝혀주듯, 관계를 밝혀주는 것은 트위터다. 등대는 외롭게 보이지만, 트위터는 오히려 따뜻한 게 묘하다.

트위터는 스카이라운지다. 도시의 전경을 두루 한눈에 볼 수있는 곳이 스카이라운지라면, 현대인들의 의식 단면을 두루 한눈에 볼 수 있는 곳은 트위터다. 때론 차 한 잔 나누는 낭만이 있듯, 스마트한 캐릭터들이 어울려 멘션과 알티를 나누는 여유가 있음은 똑같다.

트위터는 초인종이다. 누군가와 소통하기 위해서는 그 시작이 초인종이듯, 트위터에서도 멘션이라는 신호를 잊어서는 안 된다. 낯선 방문객일 땐 침묵할 때도 있다. 알티를 받을 때는 누군가의 초인종 소리를 듣는 것처럼 순간 호기심이 발동되는 것은 정말 똑같다.

트위터는 거실이다. 티비를 보고 차를 마시고 대화를 하는 가족 구성원간 대부분 활동의 매개장소가 거실인 것처럼, 업무를 보고 밥을 먹고 누군가를 만날 때 늘상 옆에 끼고 있는 것이 트위터다. 일상을 끝내고 잠자리에 드는 것까지도 전하는 안부인사는 정말 똑같다.

트위터는 신호등이다. 모든 교통의 흐름이 신호등의 신호에 따라 움직이듯, 사회 구성원들 의식의 흐름을 읽을 수 있는 신호체계가 트위터다. 신호위반에는 범칙금이 물리듯, 팔로잉 위반에는 리밋이 걸리거나 언팔 당할 때도 있다. 하지만 아무리 해도 교통체증은 없다.

트위터는 교실이다. 누구나 태어나 사회의 첫발을 딛는 관문이자 배움의 산실인 학교에 가듯, 이제 인간은 어쩌면 마지막 관문인 관계라는 과목을 배우기 위해 트위터를 한다. 국어, 영어, 수학, 과학, 윤리 등 트위터에는 없는 과목이 없다. 예습, 복습은 정말 따라갈 수 없을 정도다.

트위터는 밀레니엄 일기다. 매일밤 잠자리에 들기 전 하루에 있었던 일을 정리하듯, 이제 하루에 일어났던 일들을 기록하는 것은 트위터다. 기존 일기는 하루가 총량으로 정적이었지만, 트위터는 매분 매시가 대상으로 역동성을 부여한다. 쓰지 않으면 찜찜한 것은 똑같다.

트위터는 화장품이다. 여성들이 하루에 몇 번이고 변신할 수 있게 만든 것이 화장품이듯, 이제 현대인들은 트위터를 통해 매일 변신을 거듭한다. 어떨 땐 연설을, 어떨 땐 애교를, 어떨 땐 도움을, 어떨 땐 비판을 하기도 한다. 택시, 전철 어디든 변신에 제한이 없는 것은 똑같다.

트위터는 기타다. 코드 몇 개와 간단한 스트로크주법으로 연주가 가능하듯, 흔한 휴대폰과 엄지손놀림만으로 소통 가능한 것이 트위터다. 뜯는 주법으로 가면 어렵듯, 멘션도 의미를 달기 시작하면 어려워진다. 기타가 작은 오케스트라라면, 트위터는 작은 포털사이트다.

21세기 백과사전

트위터는 밀레니엄 백과사전이다. 인류역사상 수많은 종류의 서적들이 만들어져왔지만, 트위터만큼 오묘하고 방대한 책은 보지 못했다. 트위터는 누구나 작자이고 평론가이며 담론의 소비자가 된다. 궁과 사를 총망라한 트위터는 진정한 문명의 개가이고, 관계정복시리즈다.

트위터는 매니큐어다. 여성들이 신체의 말단인 손톱과 발톱에 수없이 지웠다 바르기를 거듭하는 것처럼, 관계라는 끝자락에 수없는 멘션과 알티로 표현 반복하는 것이 트위터다. 최근 네일아트가 각광받는다면, 트위터는 인류 최고의 소셜아트를 선보이고 있는 셈이다.

트위터는 가로등이다. 밤거리를 거닐거나 운전할 때 길을 밝혀주는 것처럼, 점점 분화되고 있는 현대인들의 관계를 낯설지 않게 밝혀주는 것이 트위터다. 때로는 은은한 밝기가 낭만을 가져다주는 것처럼, 트위터도 때론 은근히 다가오기도 한다. 트위터는 낮에도 밝혀준다는 점에서 다르다.

트위터는 안경이다. 사물을 보는 눈의 피로를 덜어주고 시력을 보완해주듯, 사람을 대하는 수고를 덜어주고 사물을 보는 관점을 보완해주는 것이 트위터다. 제눈의 안경처럼, 멘션도 제멋이다. 안경이 신체의 자연스런 일부분이 된 것처럼 트위터도 관계의 일부분으로 정착된다.

트위터는 주차장이다. 수많은 차량들이 질서 있게 대기해 있어야 할 곳이 주차장이듯, 이제 수많은 사람들이 한곳으로 질서 있게 교류하고 있는 곳은 트위터다. 주차라인은 타임라인이며, 차량 한대는 멘션 한개의 공간과 같다. 주차비와 달리 멘션 보관에는 비용이 들지 않는다.

트위터는 거짓말탐지기다. 진실과 거짓을 가리기 위해 나온 기계처럼, 이제 일상과 이슈를 함께 드러내며 진실을 찾고 가려내는 과정이 트위터다. 멘션을 날릴 때 거짓일 경우 양심의 가책을 느끼는 데는 그리 어렵지 않다. 설령 거짓일 경우 금방 탄로나기 마련이다.

트위터는 창문이다. 건물 안과 밖을 연결하고 환기를 해주는 것처럼, 사람들간 서로의 속내를 알려주고 환기시켜주는 것은 트위터다. 멘션을 볼 땐 정말 창문 사이로 상대를 느끼는 것 같기도 하다. 간혹 '창문을 열어다오' 하며 로맨틱한 멘션을 날리고 싶을 때도 있다.

트위터는 기상대다. 자연현상에 대한 일기예보가 현대문명생활에 중요해졌듯, 이제 사회현상에 대한 일상예보는 트위터가 담당한다. 100% 적중 예보는 힘들지만, 확률을 높이고 있음은 똑같고 분명하다. 이제 관계라는 인류 최대의 기압골이 형성되고 있음이다.

트위터는 휴게소다. 운전 중 힘들거나 뭔가 필요할 때 꼭 들러야 하는 곳이 휴게소이듯, 일상중 허전하거나 누군가를 필요로 할 때 기치게 되는 것이 트위터다. 평사시 흐름 중에는 별로 눈에 띄지 않다가도 그곳에만 가면 사람들이 항상 북적대는 것은 똑같다.

트위터는 '나는가수다'다. 장르의 경계를 허물고 또 다른 느낌으로 새로운 무대를 만들듯, 관계의 경계를 허물고 또 다른 입장으로 새로운 라인을 만든 것이 트위터다. 트위터에는 평가를 통한 탈락이 필요 없고, 재도전 또한 필요 없다. 다만 참여하는 데 의의가 있을 뿐이다.

트위터는 아이들이다. 무질서를 질서로 받아들이는 것이 아이들이듯, 무질서해 보이는 짧은 몇 마디의 나열들이 지구촌 인류의 관계라는 질서로 엮이는 것이 트위터다. 때로는 호기심어린 멘션을 할 때도 있고, 개구쟁이처럼 장난기 섞인 알티를 날릴 때도 있다.

트위터는 재테크다. 원금에 이자가 붙듯, 팔로잉이 늘어날수록 팔로워가 따라붙는 속도는 빨라진다. 리밋 10%는 1천 명일 때와 1만명일 때가 다르다. 처음 팔로워 2천 명 이후 1만 명 갈 때가 힘들지만, 일단 원금이 만들어지면 이자에 이자가 붙는 재미로 트위터를 하기도 한다.

트위터는 카페다. 향기와 여유와 만남과 이야기들이 가득한 곳이라면 단연 트위터라는 카페다. 종류별 향기와 공사다망한 이야기들, 셀 수 없는 인파들로 북적이는 이토록 거대한 지구촌 카페를 인류는 경험해본 적이 없다. 정치비판 기능을 해온 카페의 역사와도 닮았다.

트위터는 샤워다. 뭔가 허전하거나 찝찝할 때 기분전환을 위해하는 샤워처럼, 울적하거나 누군가와 대화가 필요할 때 가뿐하게하는 것은 이제 트위터다. 각질과 먼지를 걷어내 피부에 촉촉함을주듯, 트위터는 생각의 군더더기와 건조함을 재배열시켜 마음을 축여준다.

트위터는 출산이다. 낡은 생각을 폐기하고 새로운 생각을 잉태시키는 것이 책이라면, 그 생각을 충분히 요약정리 압축해 출산시키는 것은 트위터다. 생명이 자궁의 압박으로 빠져나오듯, 멘션은 생각의 압박으로 빠져나온다. 바야흐로 생각 출산장려시대를 맞고 있다.

트위터는 방정식이다. x와 y의 연산관계에 따라 나오는 결과가 달라지듯, 팔로잉과 팔로워의 적용결과에 따라 멘션이 미치는 범위는 달라진다. 방정식이 배정된 함수가 관건이라면, 트위터는 설정된 대상이 관건이다. 문제가 아무리 어려워도 풀지 못할 것이 없다.

트위터는 운전이다. 원하는 곳을 자유자재로 갈 수 있는 것처럼, 원하는 말을 자유자재로 보여줄 수 있는 것이 트위터다. 때로는 빠르게, 때로는 느리게 말할 때도 있다. 때로는 너무 과속해 오해를 사기도 한다. 신호를 무시해 리밋당할 때도 많다. 단, 자격증은 필요 없다.

트위터는 종합격투기다. 복싱, 레슬링, 무술 등 모든 격투 부문이 총망라되어 주목받는 것처럼, 문학, 과학, 예술, 상식, 생활 등이 총망라되어 응용된 것은 트위터다. 평이해 보이는 트위터도 알고 보면 보이지 않는 상대와의 끊임없는 격투행위다. 서서 누워서도 할 수 있다.

트위터는 좀비다. 물려도 결코 죽지 않고 서로를 감염시키는 것처럼, 한 번 사용하고 죽은 멘션을 알티로 끊임없이 살아 움직이게 만드는 것이 트위터다. 감염되면 될수록 더욱 강력해지기도 한다. 한밤중에도 쉬지 않고 어슬렁거리는 멘션의 모습은 영락없는 좀비다.

트위터는 '나는 가수다'다. 국한되었던 장르를 넘나들고 추억의 정서가 지금에 맞게 해석 변용되어 주목받듯, 한정되었던 관계의 경계를 넘나들고 교류가 밀레니엄 시대에 맞게 새롭게 창출 주목받는 것은 트위터다. 대중들의 예술적 눈높이와 소통수준이 높아진 것은 같다.

트위터는 '나는 가수다'다. 흘러간 과거의 곡을 감미롭게 되살려놓듯, 지나가는 일상들을 소중하게 되살려놓는 것은 트위터다. 이제 가수들마저 자신의 영역에 한정하지 않고 서로 소통하기 시작했다. 바야흐로 예술과 대중이 공감의 시대로 엮이고 있음이다.

트위터는 TV채널이다. 고정된 주파수에 따라 정해진 채널이 있는 것처럼, 트위터도 각자 고정된 아이디에 따라 정해진 타임라인을 갖는다. 채널 속에 다양한 프로그램이 있듯, 아이디 속에는 무궁무진한 관계적 내용물들이 있다. 속으로 들어가면 정말 채널을 돌리는 것 같다.

트위터는 노래방이다. 노래를 부르고나면 속이 후련하듯, 트위터를 하고 나면 속이 뿌듯해진다. 노래를 대중화시켜 모두가 가수가 된 것처럼, 문자를 대중화시켜 모두가 친구가 되게 한 것은 트위터다. 정말 타임라인 칸칸에는 악보 없는 노래들이 흐르고 있는 느낌이다.

트위터는 섹스다. 원초적이면서 친밀감이 극대화된 소통체험이 섹스이듯, 근원적이면서 사회적 관계가 극대화된 소통체험은 이제 트위터다. 멘션은 가장 사회화된 의식의 사정이다. 이제 인류는 고도의 사회적 오르가즘을 나누고 있는 셈이다. 정말 짜릿한 일이다.

트위터는 각개전투다. 전시에 병사들의 가장 기본핵심인 전술행위가 각개전투이듯, 평시에 사람들의 가장 기본핵심인 소통행위는 이제 트위터다. 무기는 총이 아닌 휴대폰이다. 우리는 매일 총 대신 휴대폰을 들고 관계 정복을 향해 치열한 각개전투를 벌이고 있다.

트위터는 찜질방이다. 가족과 연인들이 일상의 피곤함을 달래기 위해 찾는 휴식공간처럼, 이제 사람들이 일상의 무력감을 탈피하고 정신적 안락을 찾는 곳은 트위터다. 우리는 타임라인 방에서 가장 끈끈한 땀을 빼고 있다. 굳이 게르마늄 원석룸까지 필요치 않다.

트위터는 요리다. 갖가지 재료를 갖고 가열온도와 배합방법에 따라 온갖 음식이 되듯, 갖가지 소스를 갖고 배열순위와 편집방법에 따라 온갖 멘션이 되는 것이 트위터다. 우리는 타임라인이라는 주방 앞에 섰고, 가장 때깔나고 맛있는 멘션 요리법을 터득하고 있다.

트위터는 시다. 온갖 사물과 개념에 생명을 불어넣는 것이 시라면, 온갖 경험과 느낌에 의미와 온기를 불어넣는 것은 트위터다. 인류가 이처럼 가장 짧은 문맥으로 가장 깊고 넓은 관계의 세계를 체험하고 있다는 것은 놀라운 일이다. 우리는 모두가 시인이 되고 있다.

트위터는 야구다. 타석에 들어서서 타구를 날릴 때 희열감을 느끼듯, 타임라인에 들어서서 멘션을 날릴 때 충족감을 갖는 것은 트위터다. 타임라인에서는 모두가 투수이자 타자이고, 수비수이자 공격수다. 멘션은 대체로 솔직한 직구가 좋지만, 변화구가 필요할 때도 많다.

새로운 발견

트위터는 발견이다. 타임라인은 멘션 창작실임과 동시에 사실은 생활의 발견이 이루어지는 장소이기도 하다. 많은 사람들의 의식주 문화가 이처럼 디테일하고, 광범위하게 공유되기는 역사상 초유의 일이다. 직업, 취미, 성격, 성향 등 말로만 듣던 다양성을 비로소 직접 발견하고 있는 것이다.

트위터는 자동차다. 다종다양한 부품들이 한데 모여 빠르게 굴러가는 자동차처럼, 수많은 사람들의 생각들이 한데 모여 빠르게 굴러가는 것이 트위터다. 평소 정비와 관리를 잘해야 오래 쓸 수 있고, 연료가 그렇듯 금방 소모되는 배터리에 신경 쓰이는 것은 똑같다.

트위터는 승마다. 말고삐를 어떻게 잡느냐에 따라 주행속도와 방향전환이 달라지듯, 팔로워를 어떻게 잡느냐에 따라 소통속도와 관계범위가 달라지는 것이 트위터다. 달리는 말위에서 세상을 바라보듯, 트위터는 달리는 멘션에서 본다. 정말 사물이 확확 지나가고 있음이다.

트위터는 창고다. 미래를 위해 온갖 다종다양한 물건이 쌓여 있듯, 온갖 의식의 결과물과 잔재물들이 쌓여 있는 곳은 트위터다. 현실을 위한 준비처럼, 관계를 잘 맺기 위해 트위터도 잘 정비되어 있어야 한다. 오늘도 우리는 무엇을 꺼내들어야 할지 고민에 고민을 거듭한다.

트위터는 꿈이다. 잠재된 의식이 파편화된 꿈으로 나타나듯, 잠재된 욕망이 무궁무진한 현실의 언어로 태어나는 것이 트위터다. 밑도 끝도 없는 멘션과 그 흐름들을 보면, 우리는 꿈을 꾸고 있는 것 같다. 해몽도 제각각이다. 이런 방대한 꿈의 세계는 정말 처음이다.

트위터는 랩이다. 랩이 멜로디에 얽매임 없이 노래를 대화하듯 부르면서 감정의 공감대를 더욱 넓혔듯, 문장에 얽매임없이 글을 대화하듯 쓰면서 일상의 공감대를 넓힌 것은 트위터다. 반복과 후렴의 미학을 무기로 한 랩을 우리는 진정 가장 방대하게 펼쳐보이고 있다.

트위터는 애인이다. 우리는 매일 짧은 몇 마디로 사랑을 한다. 이제 홀로 남는 법은 없다. 바로 곁에 두고 한시도 잊지 못하는 것은 이제 트위터다. 속삭이고 만지고 가꾸는 데 쏟아 붓는 시간투자와 애정 공세는 일찍이 그 유례를 찾기 어려울 정도다. 헤어지기가 정말 무섭다.

트위터는 앨범이다. 사진이 주는 기억 못지않게 추억을 간직한 것으로 트위터만한 것도 없다. 한 장 한 장 넘기는 앨범의 맛은 이제 한 면 한 면 넘기는 터치의 세계로 대신한다. 넘겨도 넘겨도 끝이 없는데다, 항상 어디에서든 펼쳐볼 수 있다는 점은 앨범과 다르다.

트위터는 라이브무대다. 우리는 매일 타임라인이라는 무대에서 긴장된 표현의 시간을 보내고 있다. '레디고'와 '컷'이라는 편집 기회는 허용되지 않는다. 우리는 즉시 펼쳐놓아야 하고 내용은 미리 편집되어 있어야 한다. 우리는 모두가 즉석 연출자이자 연기자인 셈이다.

트위터는 선물이다. 자연이 인간에게 원초적인 선물이었다면, 문명사에서 가장 큰 공통적인 인류의 선물은 트위터다. 우리는 매일 국경을 넘고 인종을 넘고 차별을 넘고 곤경과 가난, 외로움까지 넘어 멘션과 알티라는 선물을 주고받는다. 팔로잉과 팔로워는 덤이다.

트위터는 낙엽이다. 멘션은 정말 한꺼번에 쏟아져 나왔다가 한 번에 우수수 떨어지는 낙엽 같다. 생명의 고비를 맞아 활로를 꾀하는 낙엽을 보면서 삶의 의미를 보듯, 무수히 사라지는 멘션을 보면서 관계의 의미를 찾게 된다. 그리고는 다시 무성한 잎처럼 멘션도 되살아난다.

트위터는 야구다. 주고받는 게임규칙처럼, 기브앤테이크 정신이 가장 확실한 것이 트위터다. 타석의 순환에 따라 죽었다 살아났다 하는 것도, 한 번 간 멘션이 알티로 타임라인에서 되살아나는 모습과 똑같다. 트위터는 365일이 정규시즌이다. 홈런처럼 멘션도 대박날 때가 있다.

트위터는 X-ray다. 육체의 속을 훤히 들여다볼 수 있는 획기적 발견처럼, 마음의 속사정을 들여다볼 수 있는 위대한 발견이 트위터다. 우린 매일 타임라인이라는 방사선실로 향한다. 그리곤 주저없이 속내를 드러내보인다. 이곳에서 우린 모두가 환자이고 의사다.

트위터는 대중가요다. 단 4분의 표현으로 사람의 감성을 요동치게 하듯, 단 140자의 표현으로 감성은 물론 이성까지 사로잡는 것이 트위터다. 매일 멘션이라는 싱글앨범을 내놓고 있는 우리는 싱어송라이터들이다. 우린 그대로 읊고 있을 뿐 립싱크란 없다.

트위터는 궁합이다. 사주팔자와 역술로 맞춰보는 궁합처럼, 전지구적 인간들이 함께 엮이며 서로의 속내를 맞춰보는 것은 트위터다. 우리는 타임라인이라는 역술원에서 시도 때도 없이 점(멘션)을 보며 운명을 저울질한다. 알티는 그 운명의 시작이고 궁합이 맞았음을 뜻한다.

트위터는 숲이다. 수많은 동식물들이 자연의 생태계를 이룬 것처럼, 끝도 없는 멘션들이 문명의 생태게를 이룬 것이 트위터다. 우리는 매일 타임라인 숲속에서 이젠 없어선 안 될 문명의 삼림욕을 즐기며 위로받고 있다. 정말 거대하고 울창한 인간 숲이 아닐 수 없다.

트위터는 가격없는 시장이다. 트위터는 관계적 진실이 매실시간 펼쳐지는 공유의 장 위에 있음을 목격하고 거래하는 것이다. 트위터는 존재에 대한 문유이고, 매실시간 유지되는 생명의 운동과 그 과계의 파생이 가져다주는 놀라움이다. 어디에도 가격은 필요치 않다.

트위터는 휘발유다. 트위터는 휘발성이 강한 에너지원이다. 누구나 자신의 이야기를 들어주는 데는 강력하지만 그 순간 멘트는 이탈되고 만다. 그 휘발성을 잡아주는 것은 알티다. 멘션은 매실시간 의식의 소중함을 일깨워주고, 알티는 증발에 대한 경각심을 잡아준다.

트위터는 작업이다. 누가 옷깃만 스쳐도 인연이라고 했던가. 이제는 손끝 아니, 지문의 아주 미세한 피부 한 조각의 센스(터치)만으로도 인연이 차고 넘친다. 트위터는 인연의 영겁을 향한 최고의 속삭임과 사교술임에 틀림없다. 인류는 비로소 작업의 종결자로 나섰다.

트위터는 광케이블이다. 트위터는 가장 빠르고 가장 문명적인 교류의 연결망이다. 인간은 비로소 문자와 이미지만으로 무차별적이고 광범위한 만남에 이르렀다. 어느 시대에도 경험하지 못했던 속도이기에 시공을 초월한, 접속을 향한 기반이 이미 완료된 셈이다.

트위터는 동사다. 트위터는 휴대폰일 때 제격이다. 매 실시간 표현욕구는 정체상태에선 뭔가 부족하고 이동과 같은 흐름에서 포착되기 쉽다. 컴 앞에 앉아 하는 트위터는 사고의 정체성을 불러올 가능성이 높다. 이동하며 생각하고 표현하는 관계의 대명사이기도 하다.

트위터는 마우스다. 인간과 컴의 실시간 소통을 가능케한 발명품처럼, 인간 최후의 목표인 관계간 소통을 실시간 가능케한 것이 트위터다. 클릭 한 번으로 다른 정보와 연동시키듯, 멘션 한 번으로 다른 사람과 연결시키는 신호가 놀랍다. 더블클릭은 필요치 않다.

트위터는 압축과 팽창의 기술이다. 트위터는 앞뒤가 생략된 지금의 이야기를 압축된 형태(멘션)로 펼쳐놓는 것이고, 앞뒤 이야기가 팽창되어 이해되기를 바라며 열어놓는 것(알티)이다. 압축과 팽창의 변증법, 트위터의 핵심이다. 실로 타임라인은 꿈과 상상력을 부풀게 한다.

트위터는 낯선 인류와의 무차별 만남이자 반응이다. 거세된 스킨십 대신 고도의 의식적 공감이 뒷받침된 참여욕구의 발로다. 트위터는 비로소 문자가 인격화한 인류문명 최후의 은유이자 상징의 통로다. 인간은 트위터를 통해 평등과 참여의 함수를 완성시켜 나간다.

제2부 생활의 발견

생활 에세이 **나의 배후는 너다**

　언젠가 패랭이꽃을 가슴속에 심어준 노동운동가. 이제 그 꽃은 아이들의 해맑은 미소로 생장을 한다. 시집 〈나의 배후는 너다〉를 내며 이수호 전 위원장은 돌아왔다. 더욱 담담한 패랭이꽃을 안고 시인으로 돌아왔다. 시 읽어주는 위원장에서 가르치는 교사로, 더불어 시인으로 돌아온 것이다. 시는 가장 압축된 생명의 신호이다. 시인은 더욱 새롭게 압축된 생명의 신호를 보내오고 있는 것이다. 이제 남은 것은 그 압축신호와 교감하는 일이다.

　시인은 '배후'를 강조한다. 이 시집에서 읽히는 모든 시어의 공통분모가 배후이다. 범어사, 하늘공원, 청계천, 석계역, 어둠, 투쟁, 교회, 당신, 눈물, 소나기, 그리움까지 모든 것이 배후이다. 아니, 배후의 원천이다. "계곡을 사랑한다는 것이 계곡의 모든 것을 사랑하는 것"(사랑1)처럼 그 모든 것이 배후이다. 나의 배후란 다름 아닌 계곡이라는 너이다. 하지만 단순히 주체인 너로서가 아닌 너를 둘러싼 그 모든 것이라는 말이다.

　이처럼 배후란 시인이 언급했듯 '뒷받침'이다. 나를 지지하고 너를 둘러싼 모든 것이 배후이다. 앞서기를 좋아하는 정치인들의 생리에도 차별적이다. 앞에서 아첨하고 뒤에서 이간질하는 세태에도 분명한 선긋기이다. 자신을 나타내고 있는 근본이유에는 이처럼 배후가 존재하기 때문이다. 표면적이고 현상적인 배후에는 다분히 본질이 들어 있다. 환경과 조건 등 객관적인 모든 것들이 배후로서 주체와 결합되어 있기 때문이다.

시인의 배후에 있는 사람들이란 보편성의 역사적 주체인 민중들이다. 시인이 항상 겸손과 사랑으로 일관코자 하는 데에는 배후의 상징성이 들어 있다. 청계천 가는 지하철 속에서 만난 맹인 부부의 외면을 보고 "인간답게 살고 싶다"고(청계천 블루스) 외친 화물노동자 김동윤 열사로 연결된 것이 이러한 맥락이다. 결국 나와 너 사이에 존재하는 제3의 사람들, 사물 등 모든 것들이 시인에게는 바로 배후인 셈이다.

너도 배후지만 너를 조건 지우는, 너와 관계하는 모든 객관적인 사물들이 배후인 것이다. 단식투쟁을 하고, 현수막을 들고 행진을 하고, 선봉투쟁에 나서는 앞선 행동의 이면에 있는 배후. 그 이면에는 민주주의라는 배후가 있다. 주연이 있으면 조연이 있고 엑스트라가 있다. 배후는 바로 조연이고 엑스트라이다. 삼류인생을 살다가는 대다수 민중들의 삶에 바로 배후의 철학적 관점이 들어 있는 것이다. 즉 시인이 노래하는 배후는 민주주의를 위한 강한 외침과 요인이 농축되어 있다.

시인은 패랭이꽃을 너무나 좋아했다. 그래서 그는 닮고자 노력한다. 아니 이제 그는 한 송이 패랭이꽃이다. 그래서 패랭이꽃을 비유하는 의미에서도 배후이다. 나 자신의 외부에 존재하는 배후. 나 말고 너라는 배후에, 또한 그 이면에도 배후는 존재한다. 이는 바로 세계의 통일성을 지칭하는 의미에서조차 배후이다. 배후는 "어젯밤 있는 너의 하늘"(나의 배후는 너다)이다. 하늘과 땅이 사물 천지의 세계를 일컫듯이 배후는 통일된 세계의 배경이다. 그래서 배후는 세계를 바라보는 객관적이고 보편적인 의미를 상징하고 있다.

"울고 있는 강물"(강물)도 배후이고 "그냥 덥석 안아 넘겨주는 넉넉한 형인 한계령"(한계령)도 배후인 셈이다. 뒤에 있어 보이지 않는다고 '없다'라고 하는 관념론과 거리가 멀다. 바로 배후에는 유물론적인 철학적 사고가 바탕이 된다. 모든 사물에는 배후가 있기 마련이고, 나로부터 시작되는 주체의 조건인 것이다. 또한 너로부터 창조될 수 있는 객체의 문제인 것이다. 그래서 배후는 다양성이다. 배후는 현대적 다양성에 어울리는 조류의 사고 경향까지 포괄하고 있다.

배후를 관심 있게 보고 느끼고 관계하는 것이야말로 세상을 잘 살아가는 원천이다. 배후는 단순히 정적이고 결정적인 것으로가 아니다. 배후는 다분히 변화하고 주체를 변화시키는 조건으로도 작용한다. "스무 명 남짓의 우리 교회에서 뒷사람은 내 성가복을 입혀주고 나는 앞사람의 옷을 입혀주면서 마음이 뜨거워지는"(우리교회3) 것이 그렇다. "예수도 우리 교회에 오면 성가대원이 되어야 한다"는 시인의 소박함과 창조성이 물씬 풍겨지는 대목이 인상 깊다.

그래서 시인은 격정적으로 배후에 대한 태도를 역동적으로 말하려 한다. 운동이란 바로 배후와 관련된 의미에서의 적극적인 해석이자 활동이고 실천행위이다. 아니, 운동이란 바로 배후에 있는 관계들의 진실과 본질 같은 것이다. 앞에 서 있는 주체의 현상에 접목된 배후의 다양성과 이에 기초한 관계들의 본질이 바로 그것이다.

시인에게 배후는 무엇보다 아이들이다. 유난히 희망을 품게 하는, 지금 관계를 맺고 있는 아이들이야말로 배후의 원천인 것이다. 즉 아이들이 희망이고 삶의 목표이고 의미이다. 그래서 시인이 말하는 나의 배후는 삶의 희망이자 목표인 셈이다. 또한 누구에게나 배후가 되는 것처럼 자연 그 자체가 바로 배후이고, 네가 나에게 배후이듯 나도 너에게 역시 배후이다. 감옥도 배후이고, 노동운동의 좌절감도 바로 하나의 넘고 가야할 조건으로의 배후인 것이다.

그래서 시인이 보는 노동운동의 근본적 철학 관점은 어쩌면 바로 '배후철학'이다. 타자에 대한 관점 역시 바로 배후철학과 일맥상통하는 것이다. 배후들이 서로 보완하고 변화하는 데는 변증법적 통일의 의미도 기본적으로 함축한다. 성찰과 반성은 바로 배후에 대한 관점과 세심한 관찰로부터 나온다. 그래서 시인은 성찰하고 돌아보면서 배후를 근본적으로 고찰하고 고민한 것 같다.

단순히 "나는 너이다"라는 직접적 수사에서 시인은, 수많은 배후를 사이에 두고 너와 관계한다는 의미로 확장시켰다. 내가 너라는 것은 고차원적인 관계적 관점이지만 문제는, 그 사이에 놓여진 수많은 배후를 관찰함으로써 너에게 도달한다는 것이다. 그 배후는 사물이 관계하는 근본적인 조건이다. 그래서 배후는 운동의 필요충분 조건이다. "나의 배후는 너다"라는 말에는 바로 나의 운동적 조건이 바로 너라는, 변혁적 사고가 깊이 묻어 있다는 것이다.

따라서 배후를 제대로 보지 못함이 가장 안타까운 일이다. 배후를 제대로 아는 것이야말로 세상의 이치를 올바로 깨닫는 것이다. 소박함도 바로 배후에서 나오고, 겸손과 낮춤의 미덕도 바로 배후에서 나온다. 노동운동의 진정한 변혁대상은 나이자 너이면서 동시에 배후인 것이다. 그렇게 배후는 변혁의 요인으로서, 과정으로서 또 목표인 셈이다. 배후라는 시어가 나와 너를 관계짓고 규정짓는 의미에서, 시적 범위를 넘어서 철학적 범주에 손색이 없는 이유는 바로 여기에 기초한다.

내가 너일 수 없지만 배후가 있음으로 너일 수 있다. 너는 내가 아니지만 배후가 있음으로 나일 수 있다. 바로 배후는 나와 네가 지향하는 삶의 공통 목표이자 관점인 것이다. "언제나 하늘이 있다"(나의 배후는 너다)는 배후론은 그래서 유물론이다. 하느님이나 절대적 힘에 의해서 사물이 존재하거나 상호 작용하는 것이 아니라, 언제나 그 자체로 존재한 것인 만큼 그것은 배후였다.

시인은 "정말로 오랜만에 편지를 쓴다", "주소를 쓸 수 없는 그러나 언제나 내 곁에 있는 그리운 당신에게"(편지) 말이다. 운동이란 주소를 쓸 수 없는 언제나 내 곁에 있는 그리운 당신에게 보내는

'편지' 같은 것이다. 한편으로 인생과 운동의 역정은 "석계역에서의 이별"과 같은 것이다. 석계역은 잃어버린 자신을 찾는 새로운 인생의 출발지이자 또 다른 배후이다. 그래서 "석계역은 언제나 나를 떠나지 못한다."(석계역을 떠나며)

질투와 몸부림은 배후의 또 다른 측면이다. 언제나 꿈쩍 않는 배후일지라도, 넉넉하고 당당하게 변화하리라는 믿음이 있기 때문이다. 그래서 나와 너는 배후라는 역동적인 측면에서 서로 규정하고 조건 지우며 삶을 공유하고 있음이다. 시인에게는 그 배후가 있어 넉넉하고 그렇게 관계한 당신이 오고 있기 때문에 당당하다. "누구를 어디로 보내고 그리워하는 것. 그리고 그가 돌아오는 길"에 배후로서 "정말 가슴 뛰게 하는 것은 바로 당신을 맞는 일"(당신이 오고 있다)이기 때문이다.

생활 에세이 뒤로 보는 세상

우리는 앞과 뒤를 분간하며 살고 있는가. 우리는 늘 앞에서 많은 일을 해왔다. 집회와 시위도 앞에 서는 일이고, 선동도 앞의 행위이다. 늘 선두의 부담을 인정했고, 선봉대를 꾸려 맞서왔다. 노동이라는 트렌드도 앞에 세워놓은 이슈다. 앞은 자긍심이었고, 뒤는 자괴감이었다. 우리는 그동안 앞만 보고 달려온 셈이다.

최근 '뒤'가 강조되는 분위기다. '뒤를 한 번 돌아보자'는 성찰의 이야기가 자주 들려온다. 한국사회에서 앞의 것들은 너무 빨리 다가왔다. 많은 것들이 앞에서 뒤로 사라졌다. 앞에서는 환호가 들끓었고, 뒤에서는 원성과 갈등이 남겨졌다. 여성들은 경쟁적으로 앞을 꾸미는데 엔트로피(에너지)를 쏟는다. 쇼윈도우 앞에는 마네킹이 유혹하고, 너도 나도 앞의 것을 취하기 위해 줄을 선다.

세상에는 앞과 뒤가 있다. 문명은 앞이 치달아온 결과다. 뒤는 대개 미완의 세계다. 뒤치다꺼리는 소외의 이면이다. 항상 주연이 초점이다. 무대 앞은 조명이고 뒤는 어둠이다. 지름길도 앞의 문제다. 뒤돌아가는 삶의 회로는 거추장스러울 뿐이다. 뉴스도 앞서가는 것들이다. 뉴스를 위해서라면 무덤까지도 가는 것이 기자다. 유행과 트렌드는 가장 앞서 있는 흐름이다. 뒤를 캐내고 구린 사람들도 많아졌다.

우리는 비교적 앞에 있는 사람들이다. 일과 노동도 앞에 있는 것들이다. 뒤는 휴식이고 안락이다. 우리는 어쩌면 후퇴하는 법을 모르고 살아왔다. 바둑기사 이창호가 세계 석권을 한 것도 뒤의 영역이다. 돌다리를 두들겨보고도 건너지 않는, 뒤로부터의 확실한 수읽기가 그랬다. 건넘은 앞의 일이고, 건너지 않음은 뒤의 문제다. 뒤로부터의 발상이 세계를 제패한 것이다.

앞길이 구만리이지만 뒤를 돌아봐야 한다는 것이 아이러니다. 앞길이 멀고 창창한데도 문제는 뒤에 있다는 이야기다. 평준화, 평등, 보편화, 대중화는 앞이 뒤로 연결되는 개념이다. 비정규직, 이주노동자, 노숙자 등은 뒤에 있는 사람들이다. 제도란 다름 아닌 뒤에 있는 이들을 위한 것이다.

뒤는 자신이 볼 수 없는 곳이기도 하다. 누군가를 필요로 한다는 이야기다. 중이 제 머리를 못 깎는 것도 같은 이치다. 뒤를 볼 수 없음은 함께 해야 함이다. 함께 함은 앞의 것들을 제고하는 것이다. 앞으로 나아간다는 것, 멋있지만 생각해 볼 일이다. 뒤로 가야 할 것은 아니지만 뒤를 풍부하게 하는 것이 되어야 한다.

민주노총은 앞서 있는 조직이다. 비판과 눈총 등 많은 어려움이 따르는 이유는 그래서다. 혁신이란 앞을 개척하는 것보다 어쩌면 뒤를 풍부하게 하는 조치다. 모방, 서행, 동행, 배우는 것, 독서, 고향, 향수, 인간미, 아날로그, 멋 등 뒤의 것들이 앞서야 한다. 누군가의 뒤에 있어서 서러운 사람들, 2등도 만족하지 못하는 사회, 부지런히 앞을 정하는 기준들이 바로잡혀야 한다.

경쟁은 앞뒤를 가르는 일이다. 효율도 앞을 위한 개념이다. 다투는 일, 갈등과 싸움은 앞에 서기 위한 행위다. 앞과 뒤의 사물들의 간극과 역사적 해명에 뒤로 물러나지 말아야 한다. 끊임없이 앞에 나설 것을 강요하는 사회는 '공정사회'가 아니다. 공정은 뒤를 풍부하게 하는 조건이다. 우리 사회가 가장 앞서 있는 것은 자살률이다. 죽음이 앞에 있는 불행한 사회인 것이다.

허그(뒤에서 안는 스킨십)가 사랑의 공감(감성)을 풍부히 일으키는 행위로 주목받고 있다. 전면 포옹이 많지만 이혼률이 높고 헤어짐이 많은 오늘이다. 대면하고, 조우하는 일도 바로 앞이라 벅차다. 비켜가고, 돌아가는 여유, 신중, 조망, 고민 등 더불어 사는 사회가 '뒤'의 의미다.

앞은 뒤의 반영이다. 앞이 있는 것은 뒤라는 배경과 전제 때문이다. 수많은 조건, 배후 등 뒤의 것들이 만들어준 것이 앞면이다. 그럼에도 앞에 놓여 있는 것들에 대해 많은 고민을 한다. 우리에겐 앞에 놓여 있는 것들이 너무 많다. 뒤가 풍부한 사회, 적어도 앞뒤가 절반인 사회를 꿈꾼다. 앞이 우리를 너무 가로막고 있다.

뒤로 돌아보는 전태일 열사의 역사가 우리의 앞에 놓여 있다. 단 1분이라도 뒤를 돌아다 볼 수 있는 하루가 그립다. 아침 정동 출근길 사람들 뒷모습이 새롭다. 여전히 그들이 가는 길이 바쁘고, 앞을 재촉하는 길이지만······.

생활 에세이 **이십이공탄의 비밀**

한국 연탄의 역사는 대략 1950년대 중반부터다. 지게에 원탄을 메고 다니며 직접 찍어내던 시절이었다. 지금처럼 자동화된 대량생산시스템이 구축되기까지 연탄은 구공탄, 십구공탄, 이십이공탄 등으로 개량되어왔다. 연탄구멍을 보면 가장자리에는 14개, 중간 줄에는 7개, 중앙이 한 개다. 갈기 위해 구멍을 맞추는 일은 보이지 않는 싸움이었다. 가스의 통로를 맞추는 일이기 때문이다. 가스의 존재는 육체만이 간직한 비밀이었다.

옹기종기 자취방들도 연탄구멍 수만큼이나 있었다. 그래서 주인은 세 들어 자취하는 사람들을 잘 모르곤 했다. 내가 구한 집은 대문과 멀리 떨어져 있는 독립된 곳에 있었다. 2명이 딱 잘 수 있는 방과 좁은 부엌이 달랑 있는 집이다. 언덕아래 푹 꺼져 있어서 지붕이 그대로 보이는 집이었다. 잔업까지 끝내고 밤늦게 들어갈 때 그집은 한겨울보다 더 추웠다. 억지로 지어먹던 밥도 어느 순간 라면으로 대체되었다. 가끔은 부엌을 통한 창문으로 훤칠한 옆방 재수생과 김치찌개의 냄새로 함께 시장기를 나누곤 했다.

한 번은 성남 상대원동에 간 일이 있다. 위에 있어 이름이 상대원동이었다. 약간 고갯마루에 위치했던 기억이 되살아났지만 지금의 낯선 모습이란 당시의 기억만큼이나 되살리기 힘들었다. 건물과 상가와 빌딩들이 어느 새 빼곡히 들어선 이곳. 공장 활동으로 의지를 키우던 한 청년의 흔적은 간간이 떠올리는 기억 속에나 남아 있다. 공장에 취직하기 위해 돌아다니던 성남공단의 젊은 겨울은 몹시도 춥고 메말랐다.

연탄가스에 대한 기억은 어릴 때도 한 번 있었다. 대구에서 중학교 다니던 때였을 것이다. 셋방살이에 전전하던 우리 집은 작은 골방을 하나 끼고 있었다. 그곳은 어둡고 아주 음침해서 형과 함께 푹 자곤 했다. 지금 연탄가스의 기억 밖에 없음은 아주 어린 중학생의 충격을 의미한다. 가스에 중독되었던 감각은 하체의 풀림에 대한 기억으로 저장되어 있다. 오줌을 쌌던 민망한 경험이다. 하지만 생존의 비밀이란 희미하지만 운명 같은 것이었다. 그 오줌이 죽음의 고비를 함께 배출했기 때문에 살아난 것이라 믿고 있다.

당시 학생운동은 자연스러운 것이었다. 독재정권에 항거하던 시위가 쉽지 않았지만 자연스러웠다. 물론 지금은 학생운동이 뭔가 부자연스럽게 보이기도 한다. '운동'이란 새로운 삶의 문화였다. 새로운 이념이었고 몸부림이었다. 도시빈민으로 자란 것이 다행스럽던 시절이었다. 가난은 학비마련에는 시련이었지만, 운동을 위해서는 발판이었다. 의지가 항상 고난을 능가했다. 차라리 고난을 인정하고 싶지 않았다. 고난을 인정하는 것은 곧바로 의지가 약함을 드러내는 이유에서였다.

1985년 겨울. 언덕아래 놓인 자취방은 참호처럼 안전한 듯 보였다. 하지만 칼날 같은 바람은 푹 꺼진 곳을 유난히 좋아했다. 그래서 항상 아랫목을 데워놓아야 했다. 혼자 자취하던 내게는 연탄이 유일한 겨울나기 친구였다. 회사에 출근하기 전, 연탄이 꺼지지 않게 하기 위한 방법을 생각해내곤 했었다. 하지만 아침8시부터 저녁 8시 반까지의 노동시간으로는 물리적으로 연탄의 화력을 지켜낼 도리가 없었다. 그래서 퇴근해서는 연탄불 피우기에 빨간 토끼눈으로 어설픈 밤을 밝히곤 했다.

　노동조합을 만들기 위해 성남공단 어느 프레스공장에 취직했다. 일명 '샤링'작업, 철판 자르는 일이다. 철판을 자르는 일은 포장지를 뜯는 것만큼이나 단순했다. 버튼의 동작과 함께 순식간에 무겁고 차가운 철판이 잘려나간다. 그때마다 멀쩡한 청력까지 함께 잘려나가곤 했다. 지금의 왼쪽 귀는 그래서 약간 멀다. 잘린 철판이 실수로 무릎에 스칠 땐, 공포영화의 한 장면처럼 섬뜩함이 무릎으로 파고들곤 했다. 단순노동의 반복이란 의지에 대한 도전이자 신념을 위한 방편이었다.

　내 나이보다 약간 많았던 22개의 연탄구멍은 겨울을 나기 위한 통로다. 그 통로에 초점을 맞추며 호흡을 멈추던 일이란 겨울을 나기 위한 풍경이었다. 노동현장에 뛰어들었던 것은 심장과 두뇌에 기댄 결과였다. 손과 발은 그저 따라다니기만 했다. 집념하나로 추위와 외로움을 걷어내던 당시는 모호한 경계를 넘나드는 아날로그 세계였다. 물론 지금은 톱니바퀴처럼 돌아가는 디지털 세상이지만 말이다. 철철 넘치는 정열 하나로 버티던 당시의 모습이란 LP판이 돌아가며 맞물려내는 소리와도 같았다. 턴테이블의 속도에 따라 소리가 달라지듯, 삶의 순간순간은 의지의 속도 변화에 따라 결정되곤 했다.

주인아주머니가 흔들어 깨우는 소리가 모기소리처럼 들려온다. 영화필름의 초점처럼 서서히 형체의 윤곽이 맞춰지고 있다. 손과 발은 추위에 한참 후에나 저려왔다. 새벽 4시라는 걸 나중에야 들어서 알았다. 그 사이 차가운 언덕 공기가 뇌세포에 삶의 신호를 보내오는 중이었다. 강력하게 결합된 일산화탄소(CO)를 내 혈액으로부터 몰아내기 위한 대사에 들어간 것이다. 어제 밤늦게 들어가 연탄을 갈았던 기억과 함께, 집의 지붕이 거무틔틱하게 윤곽을 드러낸다. 안도하는 옆방 재수생의 얼굴도 눈에 들어온다. 입에서는 짭조름한 쉰내가 목구멍까지 걸려있었다.

연탄가스 중독에 대한 기억은 가장 왕성했던 시절의 반영이다. 삶의 고비에 대한 기억은 가장 치열했던 시절의 각인이다. 어느 추운 겨울 고된 잠을 들이키던 육체가 일산화탄소에 잠기던 날, 운동에의 신념까지 물들여 질 순 없었던 모양이다. 동치미 국물을 먹여줬던 주인 아주머니, 늦은 밤 입시공부 도중 구해준 재수생. 연탄구멍 22개의 기억이란 바로 이들과 함께 나눈 삶의 소통이자 통로였다. 지금은 연탄과 거리가 먼 생활이지만, 빈곤층들은 아직도 연탄가스와 시름을 한다. 빽빽이 들어선 아파트 너머, 어느 후미진 언덕배기 아래에선 아직도 연탄구멍이 가쁜 숨을 내쉰다. 간간이 멈춰진 호흡과 함께……

생활 에세이 **커피, 깊고 그윽한 세계**

커피만큼 친근하고 유혹적인 물질이 또 있을까? 커피 한잔에 세상사는 엮이고 돌아간다. 세끼 식사 문화는 온전히 커피문화도 만들었다. 커피를 내리는 일은 여유를 만드는 일이다. 커피를 마시는 일은 생각을 연결하는 일이다. 커피는 이제 기호물질을 넘어 소통과 여유로의 감성물질로 진화했다.

지난 한해 개인적인 행운이라면 원두(아라비아)커피의 맛을 좀 더 알았다는 것이다. 에스프레소와 물의 혼합, 아메리카노 커피의 새로운 맛에 들렸다고나 할까. 스위스 유라커피에서 이태리 일리커피로 넘어갔고, 지금은 소호업체가 직접 볶아내 맛을 더한 아프리카산 아라비카 원두로 옮겨갔다. 유통기한 3일 내로 먹어야 맛이 최상이고, 가격이 다소 부담이 되지만 유혹은 강력하다.

지난 한 해의 뒤끝은 커피의 쓴 맛처럼 씁쓸했다. 물론 함께 융합된 시고 단 맛으로 쓴 맛을 잠시 뒤로 물리는 경우도 가능했다. 하지만 카페인의 중독처럼 걱정으로 잠 못 이루는 날도 불가피했다. 세상이 어찌되었든, 올해에도 어김없이 한 잔의 커피가 손에 들려 있다. 습관은 어찌할 수 없는 모양이다. 인생이란 한 잔의 커피와도 같은 습관의 반복이다. 이쯤 되면 커피는 인생의 향연이자 더 없는 벗이다.

올 한해 커피의 맛을 좀 더 알고 싶은 이유는 그래서다. 거품과 크레마의 차이를 제대로 구분할 줄 아는 능력도 그렇다. 카푸치노 거품의 비밀을 헤집는 일, 거품이 없는 라떼의 부드러운 맛도 올해는 특히 캐보고 싶다. 직접 혀끝으로 우유와 커피의 경계를 느낄 수 있는 경지는 되어야 하기에. 커피의 쓴 맛과 우유의 부드러움이 만나는 조화의 이치를 터득하는 일은 짜릿하다.

인스턴트에 길들여진 믹스커피의 맛은 이제 추억이 되어버렸다. 물론 자동판매기 커피가 맛있던 시절이 있었다. 현장에서 열심히 일만 하던 시절이었다. 그 덕분인지 누구나 기호에 맞는 커피믹스를 찾게 된 것도 사실이다. 척박한 현장에서는 아직도 믹스커피가 유용할지도 모르겠다. 가장 민주적인 커피라고나 할까. 남녀노소할 것 없이 누구에게나 평등한 커피였다.

믹스커피의 표준화 대신 이제는 개성과 자율의 비율로 가는 품격의 커피를 인정해야 할 것 같다. 배합과 창조의 맛을 배운다는 것은 의식이 새롭게 독립하는 의미도 있다. 표준화는 아무래도 구시대의 느낌이 든다. 원두커피 아메리카노는 이제 '소통'이라는 시대의 길목으로 깊숙이 들어선 셈이다. 구태의연한 틀로부터 새로운 입맛을 다시는 이유다.

커피 한 잔에 들어 있는 멋과 여유와 배려를 터득하려면 좀 더 시간이 필요하겠다. 일을 매개하는 커피 본연의 맛 또한 여전할 것이다. 당도보다는 쓴 맛을 더 즐길 줄 아는 인내도 필요할 것이다. 새로운 맛을 찾아 떠나는 2013년, 그 깊고 그윽한 세계로 함께 여행해보지 않을는지…….

생활 에세이 **사라지는 엘리베이터**

올해로 우리나라에 승강기가 설치된 지 꼭 100년이 되었다. 우리나라 최초의 승강기는 일제 강점기인 1910년 일본인 '다쓰노 긴고' 박사가 조선은행에 설치한 화폐운반용 수압식 승강기와 요리 운반용 리프트로 알려져 있다. 승객용 엘리베이터는 1914년 지금의 웨스틴조선호텔인 철도호텔에 처음 설치되었다. 1941년 서울 화신백화점에 우리나라 최초로 에스컬레이터가 설치되기도 했다.

이후 1980년대 정부의 건설 육성 정책으로 아파트에 엘리베이터가 대거 공급되고 서울올림픽을 거치면서 전성기를 누렸다. 지나온 100년 동안 우리나라 승강기 산업은 연간 설치증가율로는 세계 3위, 전체 설치대수로는 세계 8위로 승강기 선진국이 되었다.

경향신문 엘리베이터(1967년산)가 사라졌다. 결국 전자식으로 바뀌었다. 뭔가 끌리는 엘리베이터였다. 사람으로 따진다면 '사람냄새'가 물씬 풍긴다고나 할까. 디지털은 모든 사물을 쪼개놓는다. 사물의 관계가 복잡해지는 이유다. 다양성의 원천이다. 반면 아날로그는 그 복잡함을 품어 안는다. 다양성을 통일시킨다고나 할까.

경향 엘리베이터에는 휴대폰이 터진다. 닫혀 있지만 열려 있는 셈이다. 정원도 따로 없다. 디딜 수 있는 한 품어준다. 이 땅의 수많은 엘리베이터들이 야박한 이유다. 타는 맛도 있다. 층간 중력이동이 분명히 체감된다. 자동화의 편리함은 한편 인간을 무력하게 한다. 휴대폰이 전화번호를 기억에서 없앴고, 내비게이션은 지도 밖으로 방향감각을 내몰았다.

엘리베이터(승강기) 안은 낯설다. 서로 눈을 어디 둬야 할지 모를 때가 많다. 특히 청춘남녀 둘이면 묘한 느낌마저 든다. 남자 둘이라도 어색하긴 마찬가지다. 그만큼 좁고 막혀있는 공간이란 자유롭지 못하다. 짧은 시간만큼 긴 여운이 흐르게 된다. 승강기가 현대문명의 '구속' 장치인 이유다. 목적지를 향한 욕구만 있을 뿐이다.

반면 에스컬레이터는 넓게 펼쳐진 설비다. 계단을 이용한 장비란 그만큼 인간적인 느낌도 든다. 이동 시 막혀 있는 답답함이란 없다. 계기판을 특별히 조작할 필요도 없다. 승강기가 수직화의 장비라면 에스컬레이터는 수평화의 설비다. 적은 사람들을 빨리 오르내리게 하는 것, 많은 사람들을 천천히 이동시키는 것이 대비된다.

이를 이용하는 사람들도 닮아간다. 밀폐되고 좁은 공간의 만남은 어딘가 모르게 불편하다. 개방되고 넓은 공간은 여유를 준다. 문명의 이기란 인간관계의 우연함과 단절을 만든다. 필요한 곳에서의 우연적인 만남, 현대문명의 또 다른 이름이다.

이처럼 세상에는 두 개가 있다. 깊이와 넓이다. 아날로그와 디지털이 그러하다. 인간관계도 마찬가지다. 친구 간에도 부랄 친구와 사회 친구가 다르다. 예술가들은 깊이를 추구하는 사람들이다. 그렇기에 친구들은 많지 않다. 누군가 친구가 많다면 깊이를 따져 볼 일이다. 뭔가에 빠져 있다면 넓이를 살펴볼 일이다. 대중화란 깊이가 넓이로 전화하는 과정이다.

승강기의 좁은 공간이 문제는 아닐 것이다. 문제는 마음이 좁아드는 것이다. 승강기 문이 열리는 순간 탁 트인 느낌을 받는 것은 그래서다. 승강기의 층을 알리는 숫자는 단절의 신호체계다. 단절의 시간이 짧을수록 높이는 길어진다. 서로를 의식하면서도 이기에 내맡긴 '단절'을 오늘도 몇 번이고 있을 것이다. 승강기의 오르내림이 단절이 아닌 느낌의 통로가 되었으면 좋겠다.

생활 에세이 **안철수 현상**

　최근 키워드는 '디테일'이 아닐까 한다. 개콘 '애정남'이 디테일의
세계에 화두를 던졌다. 살아가면서 애매함이 많아짐을 느낀다. 뭔
가를 알면 알수록 애매함이 함께 따라온다는 이야기다. 삶의 연륜
이 깊어진다는 것은 애매함의 깊이도 함께 한다는 것이다. 애매함
은 개연성이다. 이분법으로 구분되지 않는 아날로그 세계의 인식과
같다고나 할까. 디지털 세계의 대두는 바로 애매함의 확실한 경계점
이기도 하다.

　'라스트 신드롬'도 빼놓을 수 없는 화두다. '마지막'이라는 단어만
큼 짜릿한 것도 없다. '라스트 콘서트' '라스트 밀애' 등 영화제목도
많다. 배우에게는 라스트 씬, 학생들에게는 마지막 수업, 인류에게
는 종말의 시대 등 불완전 세계를 끝내고 싶은 소망이 깃들어 있
다. 종결자라는 용어가 한때 휩쓸었던 것도 그런 맥락이다. 인간의
최종병기가 '활'이었던 것도 뜻밖의 상징적 결론이다.

　그럼에도 세상에 마지막이라는 것은 없다. 마지막이 되었으면 하
는 바람은 사실 부질없는 것이다. 아이로니컬하게도 상반적으로 한
때는 처음이라는 말이 유행했다. '처음처럼'이라는 화두가 모든 단
어의 종결자처럼 보이기도 했다. 처음으로 돌아가기만 하면 누구나

정의를 찾을 것처럼. 타임머신의 SF적 상상력도 그렇다. 그럼에도 처음이란 돌이킬 수 없는 시간의 상대적 시작점일 뿐이다.

21세기 사회는 디테일의 영역이 묶음의 체계로 귀속되지 않는 현상을 수반한다. 어떤 우연한 속성들을 한 묶음으로 묶어 정의를 내리는 일이 점점 어려워지고 있는 사회변화와 흐름이 그것이다. 마르크스 시대와 구분을 달리 하는 이유다. 기존에 규정했던 묶음의 논리가 디테일의 반발과 이탈 속에 변화를 요구받는 시대가 지금의 모습이 아닐까.

지구상의 많은 조직들이 회의를 하고 구성원들의 인적 질서를 이야기하지만, 기본질서에 대한 반발과 문제제기 양상의 공통적인 물음은 결국 묶음과 디테일의 관계적 충돌에 기인한다. 비형식이 형식을 대체해 새로운 형식으로 나아가는 질서와 사회현상, 안철수 현상과 시민사회의 도전도 이의 맥락이다. 정치계뿐만 아니라 사회, 문화, 예술 등 모든 부문들이 안고 있는 문제가 바로 기존 논리적 체계에 대한 이탈이다.

트위터의 타임라인도 그렇다. 트위터의 핵심은 멘션의 형식적 비형식성에 있다. 멘션의 리트위터는 형식과 비형식의 엇갈림 구조다. 형식의 수시적 파괴가 새로운 형식을 만들어내는 구조다. 같은 SNS 계열인 페이스북과 매우 다른 점이다. 페이스북은 공간이 중심인 반면 트위터는 시간에 초점을 둔다. 페이스북은 스페이스라인이라고나 할까. 그만큼 트위터는 자기복제와 창조, 흐름에 강한 매개체다.

자기 자신에게 디테일이란 무엇일까. 또 자신이 속한 조직에서 디테일이란 무엇일까? 디테일은 비교적 낮은 단계의 일의 과정이다. 에너지가 낮은 사물이나 그 일련의 체계, 범위가 작거나 좁은 상태나 조건을 말한다. 정치보다 일상, 조직이나 집단, 군중보다 개인의 영역에 가까운 것, 양적인 측면보다 질적인 가치 기준에 근접시키는 일이다.

또 다른 측면은 통합의 질서다. 국가와 자본이 세계화되고 어떤 묶음이 이루어지는 것이다. 반면 미시적 개별적 질서들이 이에 조응해 통합하고 협력하는 양상으로 가고 있다. 개별 삶의 소중함과 그 가치의 확장 과정에서 협력으로 가는 시대적 흐름이 디테일과 만나 상승작용을 하고 있다는 이야기다.

디테일은 아날로그가 분화된 디지털의 결과이기도 하다. 나눔이라는 개념은 공동체가 개인으로 쪼개진 필연적 결과이다. "언젠가는 같이 없어질 동시대의 사람들과 의미 있고 건강한 가치를 지켜가면서 살아가다가 '별 너머의 먼지'로 돌아가는 것이 인간의 삶"이라는 안철수 교수의 멘트를 다시 한 번 되새겨본다.

생활 에세이 **분화의 시대, 설**

설이다. 부모님과 함께 조카들 세배로 한바탕 웃음꽃을 피웠다. 우리 때와 달리 우리의 아이들, 밀레니엄 세대들에게 세배는 낯선 행위다. 장유유서니 삼강오륜이니 하는 유교적, 공동체적, 아날로그적 질서가 디지털을 중심으로 한 네트워크 형태의 새로운 분화적 흐름을 맞고 있다. 또 세배행위는 역전이 되었다. 고령화시대로 접어들면서 세배를 받는 어른들보다 세배를 하는 아이들 수가 줄어들고 있다. 한편으로는 희망도 갖는다. 아이들은 우리 때보다 더 많은 사랑과 관심과 감성으로 자라고 있기 때문이다. 아이들이 만들어갈 새로운 질서가 흥미롭고 기대되는 이유다.

장모, 처제들 등 여성들의 고스톱판이 웃음꽃을 피웠다. 그동안 명절 때 고스톱은 남성들의 영역이었다. 최근 여성들의 게임 참여가 두드러지고 있다. 스마트폰은 여성들에게 게임의 세계를 열어놓았다. 전술, 전략, 투기 등 남성들의 영역들이 공유되고 있음이다. 남성은 옆에서 술과 안주, 커피를 준비하고, 구경하면서 게임 판을 객관적으로 받아들이기도 한다. 여성들의 고스톱 판은 유난히 웃음이 흥건하다. 승부보다는 섬세한 모성적 품성이 게임과 잘 호흡한다는 증거다. 특히 48장의 패가 갖는 이미지나 상황적 연출에 대한 이해가 여성들의 감성 영역과 잘 맞아떨어지고 있음이다. 고스톱 게임은 협력의 소중함을 가르쳐준다. 1:2의 견제구도 때문이다. 보잘것없는 피의 가치도 재평가된다. 고스톱이 또 다른 세계를 연출하고 있다.

명절 동안 세 명의 동서와 그 가족들이 왁자지껄 놀다 떠났다. 처제들의 가족 네트워크 열풍은 최근에 더욱 부각되는 추세다. 요즘은 시댁보다 친정을 중심으로 인적 모임이 더욱 활기를 갖는다. 아이들도 이모들을 중심으로 더욱 감성적으로 길러진다. 처제들의 관계는 시댁 형제 친족들의 관계 모델보다 역할분담에 최대 강점을 갖는다. 십시일반은 기본이고, 매사 논의는 자유로우면서 평등하다. 가사분담과 육아, 놀이까지 호혜와 배려는 기본이다. 어린 조카들은 이모부들의 도움으로 생소한 포커게임을 배우고 즐겼다. 포커는 고스톱과 달리 자아형성에 유리한 게임이다. 현실은 항상 베일에 가려진 무엇이며, 때로는 경험과 담력이 진실을 뒤집을 수 있다는 역설을 배운다. 가능성과 현실, 경험의 조합이 만들어내는 또 다른 반전이 포커게임의 묘미다. 명절휴가, 이들에게 어떤 의미일지 자못 궁금하다.

명절은 추억과 감성이 한데 묶이는 시기적 양식이다. 그리움이 한 곳으로 집약하는 거대한 이벤트로 명절만한 것도 없다. 주로 앞으로만 향해 있는 사회적 의식이 그나마 뒤를 돌아볼 수 있는, 몇 안 남은 아날로그적 양식의 상징이기도 하다. 여러 영역에서 분화를 맞고 있는 이 시기 명절은 이제 아날로그적 향수 대신 디지털적 의식으로 대체되고 있다. 그럼에도 인간은 아날로그적 본성을 향해 끊임없이 요동치고 있다. 언제부턴가 자아를 의식하고 있는 우리는 관계로부터 소통을 깊이 원하고 있고, 밀레니엄 시대 명절의 의미를 새롭게 되새기는 계기를 맞고 있다. 혈연과 지연이 사회적 인연으로 확대되고 있고, 이제는 전지구적 인종의 영역까지 구분이 모호해지고 있다. 농경문화의 흔적으로부터 면면이 이어온 설명절, 집단 기억의 회로가 현대문명의 흐름 속에서 새로운 관계적 질문을 던지고 있다. 아, 우리는 어디로 가고 있는 것일까.

생활 에세이 수영, 엔돌핀과 로맨스의 조화

수영만큼 로맨틱한 운동이 있을까. 동네 수영반 활동이 소소한 재미를 준다. 수영반 이름은 '06스위밍'이다. 새로운 만남이란 역시 소중하다. 06스위밍의 모습은 많은 것을 던져준다. '운동'이란 키워드와 '멤버십'의 탄탄함 때문이다. 운동을 오랫동안 꾸준히 해왔다는 것, 관계를 돈독히 유지해왔다는 점은 가히 부러움의 선을 넘게 만들고 남는다.

우리들을 끊임없이, 때로는 원초적으로 빠져들게 하는 데는 결국 '물'이 있다. 운동과 멤버십은 바로 이 물로부터 출발한다. 그만큼 물은 연구대상이고 소중한 힘이다. 물에는 틀이나 격식이 없다. 길도 따로 없다. 공기 중 일상은 수많은 길을 냈고 통로를 만들었다. 하지만 물은 그저 한 길, 한 '통'일 뿐이다. 있다가도 없고, 없다가도 있는 그저 한 개의 넓은 '장'이라고 해야 할까.

관계와 대화 속에 사심이 없는 것은 이 때문이다. 우리에게 물이 우정인 이유다. 어떠한 절차나 구분이 아닌 그저 한 덩어리 물속에서 함께 부대끼며 나누는 스킨십도 물이 주는 우정을 위한 촉매이다. 건성이 아닌 점성에 의한 촉감이 어우러진 물살을 함께 가르는 기분도 바로 우정을 위한 엔돌핀의 결과다.

일상 공기 중의 사물은 내부의 형태를 갖고 그 자체로 운동을 한다. 하지만 물은 그저 사물을 감싸고 있을 뿐 그 어떤 내부의 속성을 외부로 대상화하지 않는다. 물은 그 자체로 원초적인 조건이다. 그래서 물은 사랑이다. 에너지와 부드러움, 격함이 함께 하는 물의 속성은 사랑에 대한 관심을 불러일으키기에 충분하다.

물에는 깊이가 있다. 수심의 정도를 나타내는 양적인 차원이 아닌 질적인 깊이를 말한다. 그래서 물은 아날로그의 세계다. 디지털처럼 나눌 수 없는 무한성, 바로 아날로그의 속성과 성질을 갖고 있다. 칼로 벨 수 없는 점성의 세계, 두 개로 나뉘었다가도 한 개로 합쳐지는 치유 본성이 있다. 겸허함이 자라나는 이유가 된다. 어떤 결론도달을 위한 집착보다도 과정에 충실하게 만드는 요인이다.

물은 자신이 밀어내는 공기를 더욱 소중하게 만드는 힘이다. 인간의 동작이 물에서는 날렵함을 거세당한다. 물에서 인간은 그저 누구나 어린아이일 뿐이다. 어린아이들과 함께 할 수 있는 가장 친근한 놀이인 이유다. 물이 유독 우리에게 적응력을 배우게 하고 빠른 속도의 세계에 대한 점진력을 키워주는 것도 유아적인 속성이 있기 때문이다.

그동안 아마추어로서 많은 물과의 싸움, 많은 물을 헤쳐 왔던 06 스위밍에 박수를 보낸다. 그 멤버십에 함께 할 수 있다는 것은 행복이고 축복이자 새로운 도전일 것이다. 회원들의 밝은 웃음과 자신감, 고운 피부와 혈색의 확인과 공유는 멤버십을 강화하는 요소이기도 하다. 여지없는 새벽의 물을 함께 헤치고 나가는 06스위밍 멤버십에 찬사를 보낸다.

　물이 만들어준 놀랍고도 포근한 일상의 기적은 06스위밍 멤버들에게 이미 내재된 가능성이자 힘이다. 프로의 세계가 결코 이룰 수 없는 아마추어만의 영역이자 자랑거리로 충분하다. '화목토'와 '물'이 만들어낸 06스위밍, 묘한 긴장이 걸린 새벽에 또 다른 세상과 로맨스로 달려가는 이유다.

생활 에세이 나는 아날로그가 좋다

　요즘 세상에 '쿨한 사랑'과 '흔한 이별'을 경험해 보지 않은 사람은 드물다. 청순한 사랑과 순수한 연민 같은 것은 이제 영화에서나 볼 것 같다. 시대의 흐름은 물질의 욕망과 관계가 깊어간다. 그러면서 조화와 순수를 애타게 찾는 이중적인 경향을 점차 띠어가다. 세상은 경쟁과 성과 속에 보이지 않는 조화와 과정을 찾게 되는 것이다. 즉 끊임없이 디지털로 진화해 가면서 아날로그적 속성을 결코 놓치려 하지 않는 것이다.

　디지털은 데이터를 수치로 바꾸어 처리하거나 숫자로 나타내는 체계이다. 디지털의 디지트(digit)는 사람의 손가락이나 동물의 발가락이라는 의미에서 유래했다. 즉 보이는 것이고, 계량 가능한 것이다. 반면 아날로그는 전압이나 전류처럼 연속적으로 변화하는 물리량을 나타내는 체계이다. 사람의 목소리와 같이 연속적으로 변하는 신호 같은 것이다.

　세상의 변화는 아날로그와 디지털의 변환과정이다. 역사란 아날로그와 디지털의 전환과정이다. 민주주의는 아날로그와 디지털의 변증법적 관계이다. 아날로그는 협의적인 것이고, 디지털은 합의적인 형태를 띤다. 노동은 극히 아날로그적이며 자본은 디지털적이다. 사회의 양극화는 아날로그의 해체이자 디지털로의 유혹이다. 신자유주의란 아날로그에 대한 디지털의 해체과정인 것이다.

신문명에 대한 집착은 디지털적이지만, 고향에 대한 향수는 아날로그적이다. 이렇듯 문명의 흐름은 디지털로 변화하지만, 역사의 흐름은 아날로그를 수용하려는 경향이 있다. 그래서 이성적 코드인 IQ보다 감성적 코드인 EQ를 선호하게 될 것이라는 역사가들의 주장은 설득력 있다. 남성의 권위적, 기계적, 정치적 코드보다 여성의 포용적, 토론적, 문화적 코드가 역사의 대세로 다가온다는 미래는 그래서 진취적이다.

아날로그는 부드럽고 감성적이면서 비교가 쉽게 안 되고 다분히 곡선적이다. 반면 디지털은 뭔가 딱딱하고 견고하고 이성적인 것이면서 비교가 용이하고 직선적이다. 그래서 남자는 디지털에 가깝고 여자는 아날로그의 속성에 가까이 있다. 즉 아버지는 디지털적이고 어머니는 아날로그적인 것이다. 자궁의 메카니즘이란 가장 위대한 아날로그의 세계이다. 생명 그 자체가 아날로그이기 때문이다.

휴대폰은 아날로그와 디지털의 경계에서 태어난 인간의 전유물이다. 문자가 통화의 양을 넘어선 것은 디지털이 아날로그에 우위를 점하는 결과이다. 소통의 욕구는 아날로그적이고 소통의 소유는 디지털적이다. 그래서 욕망은 아날로그이지만 소유는 디지털이다. 컴퓨터는 무수한 디지털과 무한한 아날로그의 복합체이다. 네트워크는 아날로그적 소통체계 속에 전환된 디지털이다.

아날로그와 디지털에 서열이나 우열이 있을까. 이들은 특정한 조건에 의해 서로 전화한다. 내유외강에서는 내부가 아날로그, 외부는 디지털이지만 외유내강에서는 외부가 아날로그, 내부는 디지털인 것이다. 육체의 건강은 아날로그적이지만 비만의 육체는 디지털적이다. 하지만 꾸준한 운동과 다이어트의 노력은 반대로 디지털을 아날로그화 시킨다. 아날로그와 디지털은 내외를 구분하고 형식과 내용을 규정하며 과정과 결과의 이중적 잣대이다.

사랑이란 서로 강제하지 않는 아날로그와 디지털이 서로 조화를 이룬 상태이다. 이별의 아픈 과정은 아날로그에 가깝지만, 먼훗날 추억은 디지털로 형해화된다. 연애는 아날로그와 디지털이 서로 앞서거나 뒤서거나 하는 것이다. 집착과 수용이 서로의 관계를 규정하는 것이다. 그리고 방법과 목적이 서로에게 관계하는 것이다.

정책은 디지털적이고 이의 개선을 요구하는 투쟁은 아날로그적이다. 디지털 불평등은 인터넷의 확산으로 생긴 계층간 정보의 불평등 현상이다. 아날로그를 더 좋아하는 이유는 바로 자유와 평등이 이 속성에 가깝기 때문이다.

생활 에세이 **치과**

누구나 한 번쯤 치과에 가본 일이 있다. 유독 꺼리는 곳 중의 하나가 치과다. 가장 신경 거슬리는 곳이다. 인간의 감각이 가장 민감하게 작용하는 곳이다. 기계소리부터 다르다. 인간의 의식기관에 가장 근접한 소리다. 마취주사 역시 눈과 가장 가까운 거리에서 시각을 흥분시킨다.

치아는 입의 대표자다. 입은 인간의 신체 중 가장 자존심이 센 곳이다. 입이 누군가에게 열림을 당한다는 것은 난감한 일이다. 취조를 당할 때, 고문을 당할 때, 말하기 싫을 때가 그렇다. 입은 몸의 입구이자, 의식의 통로다. 자아세계로 들어가는 출발점이다. 자신 안으로 들어가는 입구가 열린다는 것은 부끄러운 일이다. 누워 입을 열 때 무장해제 느낌을 받는 것은 그래서다.

치아의 역사는 씹는 기록이다. 갈아 부수는 역사였다. 원형을 갈아 뭉개는 일이었다. 인간의 입은 닥치는 대로 먹어치웠고 문명을 갈아치웠다. 인간은 씹으면서 사회를 유지하고 변화시켰다. 씹으면서 의식을 독립시켰다. 현대 문명의 미식가들은 살기 위해 먹는 것이 아니라 먹기 위해 산다. 전국의 이름난 먹을 것들이 인간 치아의 흔적들로 북새통을 이룬다.

치아로 먹고 사는 사람들은 치과의사만이 아니다. 달변가들, 정치인들, 진정성이 없는 무리의 사람들이다. 씹기가 무섭게 달콤한 것은 삼키고, 쓴 것은 뱉어냈다. 잘게 부서지는 것은 인간성이었고, 진실이었다. 타인을 씹는 것도 일이 되었다. 타인을 씹으면서 스트레스를 푸는 것이 현대 인간관계의 단면이 되었다.

치아는 미학도 갖다 붙였다. 씹는 일과 별개로 너도나도 치아에 철사를 들이대기 시작했다. 씹지 않고 제 위치에만 있어도 된다는 욕망이 일상화되었다. 씹는 일이 무시되면서 잇몸이 함께 방치되었다. 치아는 온전히 빛날지언정 잇몸은 상처투성이였다. 말 못하는 잇몸은 치아로 감춰졌다. 미백 문명이 황금색 자연지대를 지배했다.

치아는 문명의 뿌리이고 역사의 징표다. 엔트로피의 숙명이기도 하다. 식욕을 둘러싼 시장쟁탈 배경에는 인간의 치아가 드러나 있다. 화학자 G. 타일러 밀러는 "사람 한 명의 생명을 유지하는 데 1년에 송어 300마리가 필요하고, 300마리의 송어는 9만 마리의 개구리를 먹어야 한다. 그리고 개구리는 2천 700만 마리의 메뚜기를, 메뚜기는 1000톤의 풀을 먹고 산다"고 했다.

역사를 빨아온 치아는 가장 배타적인 신체기관이다. 각종 도구가 발달했어도 대대손손 씹는 일에는 변함이 없다. 하지만 치석은 더욱 견고해졌다. 치석(플라그)은 문명이라는 찌꺼기의 퇴적물이다. 스케일링(Scaling)과 임플란트는 생명 연장의 비법이 되었다. 악어, 사자, 피라니아의 이빨은 인간에 비하면 아무것도 아니다. 최고 단계 포식자의 이빨은 여전히 욕망의 화신으로 날을 세우고 있다.

치과에 의존하는 우리를 발견한다. 문명에 길들여져 있음이다. 먹어치우는 일이 습관이 된 것이다. 메뉴는 늘 선택의 문제이지만 먹어치우는 방식에는 변함이 없다. 치과는 부패의 처리장이다. 음식물 부패와 문명 찌꺼기, 탐욕의 흔적이 지나가는 곳이다. 뷔페와 만찬, 넘쳐나는 음식물, 미식 행렬은 내일도 계속될 것이다.

생활 에세이 '시크 폐인' 들의 로망 〈시크릿가든〉

2010년 〈시크릿가든〉이 여심을 사로잡았다. 시청자들은 폐소공포증 김주원의 엘리베이터 장면에 안타까움으로 함께 갇혀버린 공감의 밤을 지새웠다. 실제로 이 장면에 동화되어 119까지 불렀다는 후문이다. 현실과 드라마의 완벽한 '동기화'가 낳은, 이 시대 최고의 멜로물로 등극하는 순간이었다.

〈시크릿가든〉이 이처럼 주목받는 데는 존재 설정(구도) 자체보다 의식 사이의 공유까지 시도하고 있다는 점이다. 길라임과 김주원의 의식이 바뀌고, 서로 주고받는 눈빛과 마음의 대화가 마치 '블루투스'처럼 연결되고 있다는 것이다. 현대 공유기술의 진보가 인간의 의식에 침투하고 있는 반증이다.

의식은 육체가 갖는 경험의 총합이 바탕이며, 이는 한 개체가 맺는 관계로부터 형성된다. 의식이 바뀜은 사실상 그 역할을 잃는 것이다. 〈시크릿가든〉이 보여주는 것은 의식 공유의 시도이고 블루투스라는 기술진보의 맥락이다. 휴대폰과 스마트폰, 인터넷이 연인 간의 관계를 정신적인 공유 차원으로 끌어올렸다는 점이다.

〈시크릿가든〉의 멜로적 특징은 관계에서 '쿨함'을 넘어 심화된 의식의 공유에 이른다는 점이다. 쿨(cool)함이란 아날로그적 연애의식의 단절을 뜻한다. 즉 쿨함은 디지털로 분화된 개별적 관계의 독립이자 자아 정체성을 찾는 과정이다. 소유욕망에 의한 근대적 이성관계 의식의 청산인 셈이다. 한마디로 구질구질한 관계가 싫다는 의미다.〈시크릿가든〉은 이 쿨함을 한 차원 더 승화시킨다. 디지털적 관계의식이 '공유'라는 형태로 아날로그적 감성으로 끈끈하게 새롭게 다가온다는 것이다. 여기에는 의외로 판타지와 블루투스 기술이 한몫하고 있다. 최근 SBS 환타지 드라마인 〈내 여자친구는 구미호〉가 비주얼에 의존한 시간적 판타지라면 〈시크릿가든〉은 의식 공유와 기술진보가 결합된 공간적인 판타지다.로맨스의 표현방식도 남다르다. 숨이 멎는 친밀감을 잊지 못하게 한 김주원의 윗몸일으키기 장면이 대표적이다. 누구도 이처럼 로맨틱한 윗몸일으키기를 본적이 없다. 한 번이 아닌 반복적 동작으로도 연인의 마음에 물결칠 수 있다는 사실을 보여주고 있다. 이제 사랑은 불필요했던 동작까지도 제고하고 있다.

공유의식은 'Here I am' 주제곡의 애절함에서도 드러난다. '지금 여기에 자신이 있기까지'에는 많은 과정이 필요했고 오래 걸렸다. '여기'란 공유지점이다. 공유란 단순히 타협이나 양보가 아니다. 치열한 자아가 관계 속에서 상호 형성되는 지점이며, 공감대를 넓히는 참여과정에서 어느 순간 형성된다. 오스카와 윤슬의 사연이 함께 공감되며 돋보이는 이유다.

신데렐라 구도의 재해석도 남다르다. 신세대인 길라임이 관계 속에서 감성을 주도하고 있기 때문이다. 존재에 구속받지 않으면서 상대와 끊임없이 공존의 사랑법을 찾으려한다는 점이다. 많은 여성들이 이 드라마에 빠지는 것은 길라임의 이러한 내면적인 심화과정에 공감을 하고 있기 때문이다. 〈발리에서 생긴 일〉(2004)의 수동적 청순녀(하지원)에서 〈내이름은 김삼순〉(2005)의 주체적 감흥녀(김선아)로, 또 〈시크릿가든〉의 주도적 감성녀(하지원)로의 변신이 그것이다. 밀레니엄 시대 연애의식은 물질적인 가치의 미련마저도 넘어서고 있다. 강한 정신적인 공유로의 욕구는 플라토닉 러브가 현대적 관계의식의 심화로부터 새롭게 창출된 것이다. '바디체인지'라는 표현도 사실은 '멘틀체인지'로 봐야한다. 육체가 아닌 의식의 문제이기 때문이다. 이제 사랑은 존재의 한계적 구도를 넘고 물질적 기준을 비껴 비현실적 감성을 품는 데까지 나아가고 있다.

생활 에세이 그 여자

사랑도 힘든 시대다. 관계가 넓어지면서 깊이가 애매해졌다. 너도 나도 사랑에 들뜨지만 금방 돌아서버린다. 이미 이별은 널린 무용 담이 되었다. 여성의 해방은 남성의 욕구를 이동시켰다. 이제 사랑 은 누구도 확인하기 힘든 지점에 가 있다. 너도나도 사랑을 갈구하 는 것이 그렇다. 더욱 우리는 사랑의 깊이에 목말라한다.

백지영의 '그 여자'가 사랑의 깊이를 확인하려 든다. SBS 드라마 〈시크릿 가든〉의 OST 첫 번째 이야기로 part1에서 공개된 발라드곡 이다. 발표되기가 무섭게 온라인 차트와 음원사이트에서 폭발적인 반응을 얻었다. 이승철의 '긴 하루', 윤도현의 '사랑했나봐' 등 히트곡 을 남긴 전해성의 곡이기도 하다.

한층 원숙해진 느낌으로 다가온 가수 백지영. 이제 노래하는 것 은 그 여자다. 피아노와 바이올린의 선율이 내가 아닌 그 여자와 함께 있다. '총맞은 것처럼', '사랑안해' 등 자신의 이야기들은 이제 그 여자의 것이다. 많은 여성들의 사회진출과 자아실현이 그 여자 의 몫으로 돌아오게 했다. 사랑에 대한 고백과 확인도 그 여자의 차지다. 타인을 통한 감정이입은 애절함을 더욱 부추긴다.

그 여자는 또 다른 자아, 그 여자를 통해 본다. 웃고 울었던 날들,

수많은 기다림들, 삭힌 마음의 조각들이 독립되고 객관화된다. 여성들의 멜로와 로망이 내 앞으로 성큼 다가왔다. 옆에 있어도 느끼지 못하는 안타까움은 그래서 더하다. 한 발 다가가지만 두 발 달아나는 것이 애달프다. 피아노에 숨겨진 여자의 심리가 이중적이다.

초반부 기타와 피아노의 단음계가 조심스러운 사랑의 지점을 짚어준다. 한 단계, 두 단계 깊어진 사랑의 흔적들이다. 그 여자가 사랑한 지점을 확인하고 싶은 욕망이 짙게 깔려 있음이다. 전반과 후반 중간 부분에 몰입되는 사랑의 고백이 잔잔하면서도 벅차다. 투정과 호소가 함께 있음이다. 체념과 갈구의 경계선에 와 있음이다. '바보'로 동격화하는 고백의 터널이 깊어 보인다.

후반부 그 여자가 자신이라는 것을 고백하는 패턴이 고조에 오르며 빨라진다. 심적 갈등과 갈망이 표출된다. 마지막 둔탁한 드럼의 저음이 끝맺음을 멍울지게 한다. 사랑이 점점 심리적, 표피적, 감각적 관계의 블랙홀로 빨려 들어가는 기분이다. 바라만 보게 하는 사랑의 지점이 높아 보이는 이유다. 사랑의 심리적 마지노선과 경계의 파편들이 더욱 깊어지고 있음이다.

사랑은 상대성의 게임이다. 여성해방은 남성들에게도 사랑에 대한 메시지와 신호를 복잡하게 만들었다. 여성의 공간과 시간이 확대되면서 남성들의 심리적 선택의 영역도 함께 변화한 고백에 대한 두려움의 원천이자 머뭇거림의 이유다. 욕망과 감각이 지배하는 지금 그 여자는 선택의 기로에 서 있다.

취미 에세이 **당당한 게임 '당구'**

당구만큼 오해가 많은 게임이 또 있을까. 그동안 당구장은 '빗나간' 청소년들의 출입처였고, 깡패의 아지트였으며, 일탈의 대명사였다. 담배로 찌든 환경, 승부에 불타는 집착, 현찰이 오고가는 도박까지 당구장 문화는 질서 밖의 세상이었다. 드라마와 영화에는 폭력배들의 싸움터로 대개 등장했고, 큐대와 공은 폭력의 수단이 되기도 했다.

그런데 아이로니컬하게도 이 점이 당구의 매력이라는 사실이다. 삶의 단조로움을 벗어나기 위해 실생활 속에서 비교적 손쉽게 찾은 것이 당구이기 때문이다. 우선 당구라는 게임은 기존 질서에 물음을 던지는 경기다. 당구에 빠지는 이유로 여러 가지가 있겠지만, 첫째는 가장 사회성이 강한 경기라는 것이다. 당구를 쳐본 사람이라면, 가장 대인적이고 친근한 느낌을 주는 것으로 당구만한 것도 없다는 사실을 꼽을 것이다.

당구는 또 어떤 종목보다 스피드가 눈에 들어오는 경기다. 대부분의 구기 종목들은 공의 회전과 속도에 몸이 따라가는 방식을 취한다. 하지만 당구는 그 반대다. 공의 속도와 시스템을 철저히 자신의 힘 안에 놓기 때문이다. 그만큼 자신의 에너지와 전가된 공의 에너지 사이의 편차를 누구보다 본인이 잘 알 수 있는 게임이기 때문에 열광하는 것이다.

당구를 쳐본 사람이면 알겠지만, 수구(공)는 곧 자신의 에너지이고 분신이다. 목표(적구)를 향해 가는 길은 바로 자신의 길이기도 하다. 공의 진로와 이동은 자신이 몇 번씩 확인해 결정한 힘의 구사이고 결과다. 우리는 몇 백번씩 방향을 정하고 길을 가지만, 매번 오차를 확인하고 수정을 거듭한다. 그럼에도 또 다른 길은 수없이 나타난다. 당구는 또 다른 세계로 향하는 여정에 다름 아니다.

당구는 입체가 아닌 평면적인 경기임에도 가장 공간적인 스케일을 갖는다. 집에 가서 잠자리에 누우면 천장은 어느새 당구대(다이)로 변해 있다. 별자리를 헤아리듯 또 하나의 우주 속에서 또 다른 질서(길)를 찾아 헤매는 자신을 발견하게 된다. 축구장, 야구장에 비하면 정말 보잘 것 없지만, 당구는 우리에게 비교할 수 없는 희열, 통탄, 아쉬움, 쾌감을 주는 초월적 공간으로 다가온다.

우리는 방점이 아닌 당점을 찍는다. 그 당점의 미묘한 차이에 따라 현실의 단면은 수없이 만들어진다. 많은 상상력, 수학과 물리학의 변용, 반전이 많은 경기, '키스'라는 용어를 가장 많이 사용하는 경기인 당구는 매번 자신의 힘의 구사에 대해 평가와 성찰이 가능한 게임이다. 취미와 감성의 영역이 재평가되고 있는 밀레니엄 시대에 당구만한 재밋거리도 없을 것이다.

당구는 무엇보다 자아형성에 지대한 영향을 주는 게임이다. 자신에게 부여된, 또 상대에게 넘어간 한 번씩의 선택의 기회가 너무나 평등하고, 친근하고, 미묘한 정서를 전달하기 때문이다. 자신의 실력이 금방 드러나고 확인된다는 점, 승부욕에 따라 묘하게 출렁이는 감정의 처리, 가장 쉬우면서도 가장 어려운 대인과의 만남과 경기 태도는 언제나 쾌감과 맞닿아 있다. 디지털 시대에 아날로그 세계의 진수를 만끽하고 싶다면 당구에 도전하라.

민주노총 사무총국에 당구 동아리가 있다. 이름은 '정정당당'. 민주노총이 정동으로 이사를 가면서 동아리 이름이 더욱 뚜렷해졌다. 여기서 동아리 사업계획을 잠깐 소개해본다.

정정당당의 사업계획

1. 취지와 목표
   ○ 스포츠활동을 통한 친목도모 및 심신단련
   ○ '호사다마' (호사스런 당구실력 배양)

2. 사업방향
   ○ 2마 2정
      -다이의 넓은 마음
      -당구의 둥근 마음
      -큐대의 곧은 정신
      -초크의 희생 정신
   ○ 명칭 '정정당당(정동의 정겨운 당찬 당구모임)'
   ○ 슬로건 '당결큐쟁(당구로 결속하여, 큐로 승부한다)'
   ○ 구호 Dang Q!(슬로건 약자)

취미 에세이 **반상의 흑백논리**

　바둑만큼 재밌는 게임이 또 있을까. 바둑TV에 〈영환도사를 잡아라〉라는 프로그램이 있었다. 영환도사(김영환 프로)와 만난 것은 행운이었다. 많은 아마추어 도전자들이 영환도사의 완력에 무너졌다. 당시 영환도사는 아마추어들의 최대 목표였다. 영환도사를 잡기 위해서는 새로운 전략전술이 필요한 것인가! 수많은 생각들이 반상 위를 가로질렀다. 화점에서부터 시작되는 끝없는 생각의 행로들이 꼬리를 문다. 귀와 변으로 이어지는 연결과 중원으로부터의 지원에 신경을 집중시키는 것이 오늘 최대의 관건이다.

　바둑은 게임이다. 게임은 승부를 겨루는 것이다. 어떻게 보면 인생도 거대한 사회의 연속된 게임이다. 바둑은 사고방식의 차이를 겨루는 게임이자 진정한 흑백논리의 보고이다. 승부를 위해 연구를 하고, 경험을 쌓아간다. 바둑 하나로 커다란 세계가 펼쳐진다는 점이 묘하다. 그래서 게임은 역사이다. 거대한 승부의 세계가 대를 이어 진화해 온 결과이다. 바둑돌은 살아 있다. 그야말로 살아 꿈틀댄다. 인간에 의해 생명력이 부여되었고 인간의 역사만큼 바둑 자체도 생명력을 유지해 온 것이다.

　전투에 능한 영환도사는 영원한 우리들의 맞수이다. 축지법으로 아마추어의 느린 행마를 뛰어넘는 데 익숙하다. 날일자의 차분함에는 어깨 짚음으로 무력화한다. 아마추어의 어깨에 무거운 돌이 올려지고, 이어 허리에 하중을 받기 십상이다. 하지만 짚인 어깨로 역시 밀어 올리는 수밖에는 달리 도리가 없다. 밑으로 기는 것은 삶의 수치이자 기백의 부족으로 영원히 후회할 일이다. 영환도사의 전투에 휘말리는 것은 생명을 재촉하는 길이다. 도법에 사로잡히지 않기 위해서는 땅을 딛고 연결을 도모하는 것이 상책이다.

도전 없는 인생이란 얼마나 무의미한가! 도전은 곧 승부요, 게임이다. 도전은 룰에 따른 승부이기도 하지만, 인생에 대한 새로운 질문이자 물음이다. 생각의 힘을 펼치는 순간 바둑돌은 살아 움직인다. 그리고 사선을 오가기 시작한다. 끝없는 전선이 형성되고, 때로는 지루한 타협이 이루어지기도 한다. 타협 없는 싸움은 곧 승부의 세계로 인도된다. 바둑 한판을 두면서 판단과 결정에 따른 희비가 오간다. 지금의 선택이 최선인 것은 다음 수에 의한 판단이 있기 때문이다.

영환도사의 축지법을 이겨내는 것은 발을 땅과 떨어지지 않게 하는 일이다. 발이 땅에서 떨어지는 순간 우리 아마추어들은 중심을 잃고 만다. 곧 생명의 허공에 매달려 삶을 구걸하기 십상이다. 부단히 땅으로부터 연결을 꾀하고 또 꾀하는 것이 오늘 승부의 최대 관건이자 목표이다. 어떠한 수도 자체로 완벽할 수는 없다. 완벽이란 게임의 조건이 아니다. 게임은 완벽하지 못함으로써 이루어지는 것이다.

자신이 완벽할 수 있기 위해선 상대의 양보와 타협이 절대적으로 필요하다. 어떤 수도 정지되어 있지 않으며, 그 어떤 것도 그대로 남아 있을 수 없다. 생각의 흐름이 생명의 흐름을 잇고, 그 생명의 연속은 부단한 자신의 판단과 어떤 결정을 요구한다. 그래서 바둑은 생각의 교류이자, 사고방식의 소통매체인 것이다. 한 수는 다음에 오는 한 수의 여하에 따라 부단히 위상이 바뀌어진다. 또한 상대방의 힌 수로 인해 부단히 다음의 한 수를 고민하게 만든다. 이런 수의 엇갈림과 상호 영향에 따라 승부의 맥박이 수시로 변하고, 생명의 시각은 끊임없이 초를 다투게 된다.

선택은 강요된 주체의 행위이다. 선택되지 않은 인간의 행위는 그 어디에도 없다. 361칸의 반상에서 펼쳐지는 무궁무진한 생각의 선택이 바둑돌에 생명력을 불어넣는다. 생명의 원천은 생각의 힘으로부터 출발된다. 죽음도 생명의 연장이다. 삶과 죽음의 기로는 생각의 힘과 순간의 폐기에 있다. 사고방식의 차이가 생명의 체계를 달리 형성한다. 급한 방식은 삶을 재촉하고 느긋한 방식은 삶을 유예한다. 전투와 실리의 비율 차이는 생명의 완급을 조절한다. 하지만 어느 것 하나 삶을 향한 몸부림과 본능에 생명의 포기를 주저하지 않는다.

바둑은 우리들의 사고방식을 변화시키는 힘이 있다. 항상 같은 사고방식으로 바둑에 임할 수는 없다. 부단히 고민하는 승부의 세계는 사고방식으로부터의 부단한 전환을 요구받게 된다. 급한 전투에서는 인내심과 돌아갈 것을 주문 받고, 약한 전투에서는 허약한 주변의 상황을 끊임없이 관찰할 것을 요구받는다. 그리고 한 수의 잘잘못으로, 요컨대 한 번의 결정적인 묘수로 바둑을 승부로 끌고 갈 수 없음을 머지않아 터득하게 된다.

또한 바둑은 균형과 타협의 게임이다. 균형과 타협은 자신의 능력 밖의 일이기도 하다. 부단히 상대와의 힘의 논리와 결부되어 있기 때문이다. 상대와의 교류와 거래 속에 균형과 타협이 결정된다. 자신의 균형을 잡기 위해서는 상대와의 힘의 분배를 우선 고려해야 한다. 상대가 강하게 나올 때는 부드러움과 유연함이 균형을 잡는다. 상대가 약하게 꼬리를 내린다면 과감한 공격으로 균형을 잡아 나간다.

균형과 타협은 생각의 절제로부터 나온다. 나만의 힘의 행사는 주관이요 오류이다. 상대를 인정하고 포괄해낼 수 있을 때 비로소 나의 힘은 그로부터 관철되기 시작하는 것이다. 균형과 타협이 깨진다면 이는 승부로 곧장 연결된다. 균형과 타협 없는 세상은 얼마나 험악하고 허망하겠는가! 힘이 난무하고 주관과 집착으로 일관하는 세상의 분위기로는 결코 행복할 수 없으리라. 균형과 타협을 향한 절제와 유연함이야말로 이 세상을 심오하게 하는 원천이 될 것이다.

영환도사와의 수담은 새로운 도전이자, 사고방식의 점검기회이다.

어떠한 경우의 수가 주어지건, 생명의 호흡은 상대와의 조율 속에 진행된다. 상대가 없다면 나의 호흡은 길 수 없다. 상대가 없다면 나의 도전은 성사될 수 없다. '영환도사를 잡기 위한' 오늘 내린 작전명령은 그래서 여전히 유효하다. 어쩌면 자기 자신의 우유부단함을 잡기 위한 삶으로부터의 채찍질이다. 자기 자신의 효율적인 사고방식과 유연한 품성을 점검하고 평가받는 기회의 장인 것이다. 영환도사는 그래서 잡을 수 없는 영원한 우리들의 스승이다.

잡을 수 있는 것은 오직 자신뿐이다. 자신의 생각의 한 지점을 포착하고, 사고방식의 포인트를 자리 매김 하기 위해서이다. 바둑이 오늘 나에게 준 기회란 삶으로부터의 색다른 모색이다. 361칸의 반상에서 나는 멋진 도사를 만났다. 그리고 그와 아름다운 대화를 나눴다. 아득하고 깊은 곳에서부터 나오는 들을 수 없는 대화를 나눴다. 세상에서 가장 참된 흑백논리를 서로가 나눠가졌다. 하루의 활력이 샘솟는 이유는 솔직하고 변화무쌍한 영환도사의 변신술에 사로잡혔음이라…….

취미 에세이 바둑-장기-오목, 깊이-치열함-오묘함

시간에 쫓기는 사람들. 그것도 초읽기라면 어떨까. 초를 다투는 게임의 세계. 아마 스포츠 기록경기라고 생각될 것이다. 하지만 기록경기가 아니다. 절대평가가 아닌 상대평가쯤 될까. 이름 하여 바둑, 장기, 오목 전국 브레인(brain) 철인3종 경기에 도전장을 내민 사건, 꽤 흥미로운 경험이었다.

게임은 승부가 있기에 존재한다. 승부의 호흡이 이렇게 가파를 줄이야. 승자가 있기에 패자가 있는 법이다. 승패는 모름지기 병가지상사라 했다. 하지만 패배의 쓰라림은 그리 간단치 않다. 아쉬움과 한 수에 대한 미련 때문이다. 많은 시간을 할애하지는 못했지만 그렇다고 간단히 대회에 임한 것도 아니다. 나름대로 시간을 쪼개 대회를 준비했기에 더욱 그랬다.

바둑, 장기, 오목 어느 것 하나 딱 부러지게 자신 있는 종목은 없다. 그렇다고 쉽게 지지 않을 것 같기도 했다. 바둑은 많은 시간을 필요로 하는 경기다. 수준급이 되려면 물심양면으로 노력을 경주해야 한다. 장기와 오목은 이에 비하면 좀 나을는지 모르겠다. 종목마다 전략과 전술상의 선택도 어려운 문제다. 하지만 대회에 임박해서 어느 것 하나 결정되어 있지 못한 것을 어쩌랴.

게임에 빠져드는 이유가 무엇일까. 인생의 무료함에 게임만한 것이 또 있을까. 스포츠의 세계도 마찬가지다. 승부가 있기에 대중들은 열광하고 매료된다. 승부가 단 순간에 내려지는 게임(승부)의 세계 때문이다. 뭔가 가부간에 결론이 서야 묘미가 있는 법이다. 각종 선거도 그렇고 드라마의 결말과 영화 속 주인공의 말로를 보고 싶어 하는 갈증도 그렇다. 대회를 앞둔 선수들의 초조감과 기다림이 있기에 대중들은 이를 대리만족한다.

16강전을 앞두고 승부를 가려야만 하는 부담감이 항상 마음 속 깊숙한 곳에서 새어 나온다. 일을 하다가도, 밥을 먹다가도, 누군가와 만나더라도, 중요한 행사 일정이 있어도 뒤로 미룰 수 있었던 대회다. 하루하루 다가오는 승부의 초조감, 준비되고 도전하는 자만이 승부의 세계를 만끽할 수 있으리라. 하지만 16강전 도전은 여지없이 무너졌다.

1:1 막판 오목경기에서 수를 내지 못한 데 대한 안타까움으로 패배를 인정해야만 했다. 시간이 문제였지만, 실력의 차이이기도 했다. 한 수만 제대로 짚었더라도 이렇게 후회스럽진 않을 것이다. 오목에서 4를 치지 못한 아쉬움. 5목에 다다르기 위해 가상의 다리를 놓는 훈련을 했건만 부족했다. 수 없이 5목을 위한 계단을 이쪽저쪽으로 짜 맞추는 연습이 오늘은 무기력했다.

4를 쳤다면 다음 난간이 보일 뻔 했으련만, 아니 4를 치지 않고서는 그냥 무너질 것은 뻔한데, 하지만 4를 치지 못했다. 몸부림을 쳐

보지 못한 아쉬움. 나에게 오목은 4없는 3에서 멈춘 뇌세포의 분열이다. 3과 5의 간격이 이렇게 깊고 넓고 아쉬울 줄이야. 결코 어렵지 않은 수순이었는데, 그 수순은 나에게 좌절의 간격이요, 어쩌면 한계의 막다른 길이다. 일을 마무리하지 못하는 결점의 지점이기도 하다. 펼쳐만 놓고 수습하지 못하는 아마추어에 지나지 않음이다.

오목이 바둑, 장기보다 더욱 깊게 자리 잡는 이유다. 그동안 바둑을 즐겨 둬왔고 최근 장기실력을 늘려왔던 데 대한 앙갚음이 자리 잡는 이유다. 바둑과 장기와 오목은 이제 가장 친한 벗이 되었다. 이것 또한 승부 못지않은 소중한 성과다. 바둑, 장기, 오목 어느 것 하나 쉽게 대할 수 없는 이유이다.

바둑은 포위해서 돌을 잡고 영역의 경계로 집을 둘러싸 집계산으로 승부를 가린다. 장기는 있는 위치에서 기준이 잡혀 있는 가운데 기물과의 관계 속에서 상대의 적을 포획하는 게임이다. 상대의 목표물은 뚜렷하다. 이에 반해 오목은 돌들이 처음부터 끝까지 5의 행렬을 향해 나아간다. 돌을 들어내는 것도 없고, 죽이고 잡히는 것도 없다. 오직 한 길, 한 목표를 향해 자신을 끊임없이 분신의 다리를 놓을 뿐이다. 적을 생포할 필요도 없고, 가두어 따낼 일도 없다. 그저 경계 없는 사선 위에서 동지를 일렬로 세워내면 되는 것이다.

바둑과 장기와 오목의 고유한 맛은 이로부터 나온다. 바둑은 끊임없이 돌들의 연결과 차단 속에 서로의 영역을 확장하고 충돌하며 타협해 나간다. 장기는 이미 태어나 있는 기물들의 역할과 위치 속에서 상대와 부단한 전투를 벌이며 생사를 고비로 목표물에 다가간다. 요컨대 바둑과 장기에는 생사가 있다. 그래서 치열하다. 난타전이 일어나는 일도 비일비재하다. 생사가 있기에 승부의 호흡도 가파르다. 바둑과 오목은 한 개의 돌들이 각기 평등하다. 이 돌들이 서로 부대끼며 어떤 조건 속에서만 균형이 깨질 뿐이다. 반면 장기는 이미 기물들이 평등하지 않다. 가치와 점수가 매겨져 있고 생사 여부에 따라 승부로 직결된다.

그동안 장기와 오목은 바둑에 가려져 왔다. 많은 사람들이 쉽게 접근할 수 있는 오목과 장기가 널리 그 수법을 전수하거나 전수받는 경우는 바둑보다 드물게 여겨지고 있다. 이번 바둑, 장기, 오목 3종 경기 출전경험은 이들을 어느 것 하나 쉽게 받아들이거나 깊이에서 결코 다르지 않음을 깨우쳐 주고 있다.

바둑과 장기와 오목이 갈래는 다르지만 인생에 주는 의미도 각별하고 고유하다. 바둑은 무에서 유를 창조하고 다시 무로 돌아간다. 장기는 유에서 시작해서 무로 갔다가 다시 유로 돌아온다. 오목은 바둑처럼 무-유-무를 거치지만 5목의 형태를 향해 끊임없이 치닫는 것이 남다르다.

장기는 인생의 시작을 의미하고 바둑은 인생의 과정을 보여주며 오목은 인생의 방법을 알려준다. 태어나 있는 조건 속에서, 끊임없는 영역을 구축해가며, 섣불리 결정하지 않고 참된 친구 5명을 얻어나가는 과정. 이것이 바둑, 장기, 오목의 이치일 것 같다. 그래서 이 세 종목이 조화롭게 빛을 발하는 것이 아닐까.

바둑만 갖고는 출신(역사)을 모르고, 장기만 갖고는 영역의 깊이를 모르며, 오목만 갖고는 생사를 둘러싼 치열한 쟁탈전을 모르는 것이다. 우리가 어디에서 왔고, 무엇을 위해 싸우고(타협하고) 있으며, 어떤 관계로 자신을 대형 속에 소속시켜야 하는지를 바둑, 장기, 오목이 가르쳐주고 있는 셈이다.

바둑의 깊이, 장기의 치열함, 오목의 오묘함 이것을 익히는 데는 시간이 필요할 것이다. 또한 깊이와 치열함과 오묘함의 이치로 세상을 살아가는 것도 필요할 법하다. 세상에는 어느 것 하나 소중하지 않은 것이 없다. 바둑은 장기와 오목의 수를 약하게 보고 있을지 모르겠다. 그래서 바둑의 실력자들은 장기와 오목에 별다른 신경을 쓰지 않을 수도 있다. 이번 16강전에서 바둑실력자들의 탈락이 많은 이유도 이와 무관치 않을 것이다.

브레인 3종 경기가 우리에게 남겨주는 것은 다름 아닌 존재하는 모든 것에 대한 의미와 가치를 전달해준다는 점이다. 이제 시대는 다양성의 가치로 접근되고 있다. 많은 참여와 각종 다양함이 숨 쉬는 사회가 아름다운 법이다. 브레인(brain)은 이제 한 종목의 깊이에서뿐 아니라 다양한 종목의 넓이로 적응 진화해 갈 것이다. 그 대열에 가까이 다가가 있음은 행복한 일이다.

지나간 아쉬움은 돌이킬 수 없는 법. 한 순간의 찰나가 인생과 도전의 한 지점을 결정짓는다. 승부란 상대적인 것, 상대적인 호흡과 패배에 대한 수습이 필요할 뿐이다. 이제 주변을 돌아보는 일상으로 다시 돌아가는 일만이 남아 있다. 돌아보고 즐기며 챙겨야 하는 하루 일은 오늘도 계속된다.

제3부 시네마 광장

착한남자의 인생 훔치기 〈헨리스 크라임〉

선복역 후범죄, 가장 정직한 은행털이범의 범죄이야기

은행털이 범죄에 긴박감이 없고, 감옥에는 폭력의 흔적이 없고, 훔친 막대한 돈에는 관심이 없는 영화가 있다면 재미있을까? 다소 황당한 설정과 무기력해 보이는 영화 〈헨리스 크라임〉이 묘한 매력을 발산한다. 역동적이고, 정확하고, 스마트한 이미지의 배우 키아누 리브스가 엉뚱함과 황당함과 착함으로 관객들을 웃기고 울린다.

고속도로 톨게이트 부스에서 일하는 헨리는 어수룩한 남자다. 주변 사람이 아무리 화를 돋우어도 화를 내는 법이 없고, 그들이 이상한 말을 해도 적당히 이해하고 넘어간다. 친구들이 그를 은행털이에 이용하고 난관에 빠트려도 그는 순순히 상황을 받아들인다. 범죄에 진짜로 가담한 친구들의 이름을 밝히는 대신 헨리는 감옥에 들어가는 길을 택한다. 감방에서 만난 동료 맥스가 물러 터진 헨리를 야무진 인간으로 바꾸어 보려고 애쓰지만, 순진한 남자는 요지부동이다. 1년 후 가석방으로 세상에 나온 헨리는 아내가 예전 친구와 살고 있음을 알게 된다. 그는 박스 하나를 들고 백 하나를 짊어지고 집을 떠난다. 어느 날 길에 서서 친구들이 턴 은행을 우두커니 바라보던 헨리는 지나가는 차에 치이고, 운전 중이던 여배우 줄리와 인연을 맺는다.

〈헨리스 크라임〉은 아마도 영화 역사상 가장 느리고 심심한 은행털이 영화다. 그럼에도 이 영화가 나름 흥미를 주는 것은 범죄에 대한 의미를 새로운 관점으로 보여주기 때문이다. 선복역 후범죄라는 이야기 형식이 우선 독특하다. 특히 사회적 루저들인 영화의 세 주인공 헨리, 맥스, 줄리가 은행털이에 성공하는 과정이 상당히 인간적으로 그려진다는 점이다. 헐리우드로의 꿈을 갖고 있으나 동네 뮤지컬에서 여춤가의 핀잔을 받아가면서 연기하는 줄리, 무기력의 최고를 보여주는 헨리, 감옥이 최고의 집이라는 사기꾼 맥스, 이들의 조합은 은행털이 영화사상 최악임이 분명하다.

이 영화에서 은행털이라는 행위는 삶의 돌파구를 위한 핑계로 작동한다. 은행으로 통하는 뮤지컬 배우분장실 벽을 뚫는 장면은 범죄를 저지르거나 그것에 동조한다기보다 꽉 막혔던 인생에 구멍을 뚫는 것처럼 보인다. 결국 돈이 전부가 아닌 셈이다. 헨리는 억울한 누명을 쓰고 감옥에 갔지만 오히려 감옥이 그를 변화시킨다. 인생을 변화시킬 촉매제로 은행털이를 선택한 셈이다.

〈헨리스 크라임〉은 범죄 영화의 위기를 정직한 자세로 통과한 작품이다. 고전적이고 영화적인 인물과 벌이는 드라마의 게임이 나쁘지 않으며, 극중극인 '벚꽃 동산'을 빌려 과거와 쉽게 결별하지 못하는 인물의 상황을 은유하는 방식이 좋다. 21세기에 1960~70년대 스타일의 소울로 승부하는 샤론 존스와 더 댑 킹스의 음악도 인상적이다. 돈을 훔치는 일이 이보다 더 진지할 수 있을까.

〈건축학개론〉 업버전 인생학개론 〈원데이〉

20년 20번의 단 하루로 연결된 애절한 사랑

한 인간의 삶에서 그 많은 나날 중 어느 하루의 모습이 일 년을 대표할 수 있을까? 그것도 20년씩이나. 물리적으로는 불가능해 보인다. 하지만 심리적으로는 가능하다. 영화 〈원 데이〉가 일 년 중의 단 하루, 그것도 20년의 시공간을 그 날을 통해 심리적 거리를 압축한다.

1988년 7월 15일 대학교 졸업식 날, 둘도 없는 친구 사이가 된 엠마(앤 해서웨이)와 덱스터(짐 스터게스). 뚜렷한 주관이 있는 엠마는 세상을 더 나은 곳으로 만들려는 포부와 '작가'라는 꿈을 향해 달려가지만, 부유하고 인기 많은 덱스터는 여자와 세상을 즐기고 성공을 꿈꾸며 서로 다른 길을 걷는다. 마음 속 진정한 사랑이 서로를 향하고 있다는 사실을 깨닫지 못 한 채 20년 동안 반복되는 7월 15일, 두 남녀는 따로, 그리고 같이 삶의 순간들을 마주한다.

20년의 일정한 하루를 들여다보는 이야기 전개가 독특하다. 다양한 시대상 속에서 지켜보는 삶의 애착과 사랑에 대한 갈망이 단 하루를 통해 20년간 펼쳐지는 장면들이 돋보인다. 감정의 정체를 몰라 마냥 망설이던 나날들, 술김에 전화해 밤새도록 수다를 떨던 어느 밤, 힘들고 우울할 때 건네주는 다정한 말 한마디, 홧김에 심한 말을 쏟아 부으며 이별을 고했던 그날의 다툼 등, 〈원 데이〉는 지독하고 치열했던 사랑의 열병을 앓아본 사람이라면 누구나 영화 속 엠마와 덱스터를 통해 추억과 감정에 빠져들기 십상이다.

20년이라는 시간의 흐름 속에 사랑과 우정에 대해 상대방을 이해하는 연인의 이야기는, 여성 감독 론 쉐르픽 특유의 섬세하고 잔잔한 스토리텔링으로 완성도를 높인다. 어쩌면 한국적인 정서, 특히 남성들에게는 쉽게 받아들이기 힘든 문화적 괴리감도 있을지 모르겠다. 분명한 것은 단 하루의 모습이 삶의 긴 시간을 관통하고 있고, 대표하고 있다는 의미는 크다. 런던과 파리, 에든버러 등 유럽의 감성을 느낄 수 있는 50곳이 넘는 배경들을 보는 것만으로도 설렘을 준다.

관객들은 두 남녀의 20년 넘는 7월 15일의 이야기를 지켜보는 동안, 대부분 안타까움과 애절함을 느끼게 된다. 청춘의 삶으로부터 방황과 성숙의 과정을 섬세하고 밀도 있게 그려낸 영화 〈원 데이〉. 긴 삶의 과정을 일 년으로 나눠 그 중 일정한 단 하루를 연속적으로 뽑아내 인생을 성찰할 수 있다면, 이 영화는 성공한 셈이다.

원데이는 단 하루의 날이다. 카르페 디엠(carpe diem)이라는 단어를 떠올리게 한다. '현재를 즐겨라, 지금을 살아라. 단 하루를 살아도 내일 죽을 것처럼 열정과 온 몸을 바쳐 하고 싶은 것을 하며 살아라.' 바로 이것이다.

장기밀매를 둘러싼 최초 범죄스릴러 〈공모자들〉

군더더기 없는 생활형 액션의 충격적 리얼리티

생명의 연장은 축복인가? 단순히 보면 축복일 것 같지만, 실상은 그렇지 못하다. 수명이 늘어나면서 누려야 할 삶이 확대되었지만, 삶의 질이 함께 좋아진 것은 아니기 때문이다. 오히려 오래 살면서 고통스러운 측면도 있다. 최근 희대의 살인마 오원춘 살인사건이 떠들썩했다. 인육매매, 장기밀매에 대한 의혹 자체가 충격이었다. 영화 〈공모자들〉이 그 실체를 해부한다.

중국 웨이하이행 여객선에 오른 상호(최다니엘)와 채희(정지윤). 둘만의 첫 여행으로 마냥 행복하기만 하다. 하지만 설렘도 잠시. 그날 밤, 바다 한가운데 위치한 여객선 안에서 아내가 흔적도 없이 사라진다. 더 혼란스러운 것은 여행 중 아내와 함께 찍은 사진도, 아내의 물건도 모두 사라진 것. 게다가 탑승객 명단에조차 아내의 이름이 없다.

몇 년 전 한 신혼부부가 중국 여행 중 아내가 납치당했는데, 두 달 후 장기가 모두 사라진 채 발견되었다는 기사가 있었다. 가깝고 왕래가 많은 중국을 사이에 둔 일이다. 실제로 20대 여성의 몸에 있는 장기를 모두 팔면 10억 이상이 나온다고 한다. 장기이식이 절실한 환자, 합법적인 장기 공급의 절대적 부족. 이로 인해 법망을 피해 형성된 끔찍한 장기밀매 시장. 영화 〈공모자들〉은 이러한 질문에서 시작된다.

영화는 잔인하고 섬뜩하다. 일반 슬래셔 무비와 다른 점은, 현실 가능성의 무게다. 잔인한 도구가 따로 필요치 않다. 수술장비, 메스 정도로도 효과는 충분하다. 장기적출에 쓰이는 의학용 도구가, 위협 살인도구로 십분 발휘된다. 여객선 사우나실을 장기적출 장소로 설정한 대목도 특별하다. 휴식과 청결을 위해 필요한 공간이 오히려 수술대로 둔갑했다. 날 선 비명을 지르며 살기 위해 고군분투하는 긴장감을 극도화한다.

긴장감 못지않게 액션도 볼거리다. 하이라이트 중 하나는 리얼리티를 최대한 살린 생동감 넘치는 액션 장면이다. 실제 난투극을 방불케 하는 생활형 액션으로 분류할 수 있다. 불필요한 동선, 동작은 배제하고 거칠고 투박하면서도 현실감 넘치는 액션이다. 실제로 임창정은 촬영 도중 갈비뼈가 부러지는 큰 부상을 당했지만, 뼈가 채 붙기도 전에 차량 보닛에 매달려 질주하는 카액션을 안정장치 없이 직접 연기했다고 한다.

이 영화를 보노라면 청부살인을 주제로 한 영화 '황해'가 떠오른다. 범죄는 고도화되기 마련이다. 이 세상에는 희생해도 되는 생명은 하나도 없다. 〈공모자들〉은 구조화된 기업형 장기밀매의 실체를 다룬 최초의 한국영화가 아닐까싶다.

작은 두드림과 큰 울림 〈비지터〉

단조로운 삶의 리듬을 바꿔놓은 뭉클한 자극

삶이 지루하다고 느낀다면 음악을 들어보라. 선율이 있는 음악도 좋지만, 특히 타악기의 두드림은 묘한 감흥을 준다. 누군가는 심장의 박동 리듬과 닮아서 그렇다고 한다. 타악기 소리는 귀가 아닌 가슴으로 듣는 셈이다. 그만큼 두드림이 있다는 이야기다. 아프리카 영혼의 소리, 젬베를 소재로 한 영화가 뭉클한 감동의 사연을 전해준다. 누군가의 삶에 들어온 '비지터'다.

20년째 같은 시간, 같은 대학에서 강의를 하며 단조로운 삶을 살던 월터 베일 교수. 논문 발표를 위해 뉴욕으로 간 그는 자신의 아파트에서 예상치 못한 불법 이민자 타렉 커플과 마주친다. 월터는 갈 곳 없는 그들을 잠시 자신의 집에 머물게 하고, 타렉은 감사의 뜻으로 그에게 젬베를 가르쳐 준다. 밝고 경쾌한 젬베의 리듬은 클래식만 듣던 노교수의 건조한 삶에 서서히 활기를 불어넣는다. 두 사람의 서먹한 관계와 경계의 벽이 조금씩 허물어지던 어느 날, 타렉이 불법 이민자 단속에 걸려 수용소에 들어가게 된다.

영화 〈비지터〉는 현대를 살아가는 많은 사람들에게 이방인에 대한 경계를 허물어버린다. 말라비틀어진 고목처럼 무미건조했던 한

늙은 남자가 흥겨운 젬베 리듬을 통해 새로운 열정을 찾기 때문이다. 언제나 똑같을 것이라고만 여겼던 삶에서 낯선 이들과의 조우와 교감은 젬베의 리듬을 통해 결합한다. 두 사람이 면회실에서 유리창을 사이에 두고 탁자를 두드리며 교감의 리듬을 만들어내는 장면이 인상적이다.

영화는 지금까지 그저 이방인으로 여기며 살아왔던 주위의 누군가에게 한 번 말을 걸어보라고, 원시의 열정을 담아낸 아프로(아프리가) 리듬처럼 인간 본연의 모습으로 서로를 마주하라고 충고한다. 불법 이민자 타렉의 연행을 통해 9·11 이후 한껏 강화된 '애국법'에 대해서도 꼬집는다.

영화는 상위 1% 귀족남과 하위 1% 무일푼남의 감동적 교감을 다룬 〈언터처블(1%의 우정)〉과 닮았다. 미국과 시리아, 60대와 20대, 클래식과 아프로비트, 교수와 거리의 연주자, 클래식의 네 박자와 아프리카 음악의 세 박자 등 전혀 어울릴 것 같지 않던 두 사람이 교감하기 때문이다.

영화 〈비지터〉는 아카데미상 남우주연상 노미네이트, 인디펜던트 스리잇어워드 감독상, 새틀라이트어워즈 각본상과 남우주연상, 전미비평가협회상 최우수작품상과 스포트라이트상 수상 등 세계 유수의 영화제에서 18개 부문을 수상하고 18개 부문에 노미네이트되는 기염을 토했다.

시공간의 낭만적 재평가 〈미드나잇 인 파리〉

회귀 욕망과 현실의 갭을 더듬는 로맨틱 스토리

살다보면 힘들 때도 있고, 자기 뜻대로 안될 때도 많다. 그 순간 문득 좋았던 시절을 떠올리곤 한다. '그때로 돌아갈 수만 있다면' 하는 마음이 절실하기만 하다. 하지만 과거로 갈 수 있는 타임머신은 없다. 과거를 통해 얻어진 경험들이 '현재'를 구성하고 있을지언정, 과거 자체가 현재는 될 수 없다. 과거로부터 현재의 가치를 재구성한 영화 〈미드나잇 인 파리〉가 가장 로맨틱한 장면들을 펼쳐놓는다.

소설가 길과 약혼녀 이네즈는 파리로 여행을 한다. 헐리웃 작가로 잘 나가는 길은 괜찮은 소설 한권을 써내고 싶어한다. 그러던 중 매일 밤 12시, 클래식 푸조에 올라타면 1920년대 파리로 시간여행을 하게 된다. 그곳에서 만난 이들은 당시를 살아갔던 희대의 예술가들이다. 스콧 피처제랄드, 어니스트 헤밍웨이, 파블로 피카소, 아드리아나, 거트루드 스타인, 살바도르 달리 등. 로맨틱한 시간여행을 하면서 그는 자신의 작품에 조금씩 자신감을 갖게 된다.

이 영화의 핵심 키워드는 인문학적 향수다. 화면을 통해 보이는 파리의 오늘과 과거의 모습은 큰 차이가 없어 보인다. 시간이 흘러 건물이 낡고 퇴락하면 새 건물을 지어 올렸을 법한데, 파리의 아름다움이 변해보이지 않는다. 600년 역사를 지닌 서울과 대비되는 순간이다. 현대 공법으로 무장해 첨단 건물로 교체되는 '선진화'의 바람이 그것이다.

파리는 여전히 숨을 쉬고 있는 공간이다. 그 안을 채우며 살고 있는 파리 시민들의 삶은 예나 지금이나 별로 변한 게 없어 보인다. 길의 마지막 선택은 부잣집 딸 미국인 약혼녀도 아니고, 시간여행을 통해 만났던 아름다운 뮤즈 아드리아나도 아니다. 중고물품을 팔며, 따뜻한 미소를 보여주던 평범한 지금의 프랑스 여인이다. 비가 내리면 파리는 더욱 아름답게 물든다.

과거로 돌아가고픈 욕망은 대개 현실의 불만족과 연결된다. 이 영화가 주목받는 점이 여기에 있다. 아름다운 파리를 보여주는데 그치지 않고 바로 '현재'라는 시점의 만족감을 강조하기 때문이다. 우리가 초심을 이야기하지만, 결국 출발점은 늘 변해 있는 지금일 수밖에 없다. 현실에서 답을 찾고 만족감을 얻으며 나아갈 수 있어야 한다는 이야기다.

파리의 야경과 분위기, 근사한 음악을 듣노라면 파리로 날아가고픈 생각이 굴뚝같다. 세느 강변을 혼자 걷는 남자가 이토록 아름답고 로맨틱하게 보일 수 있을까. 있는 그대로의 재미와 메시지와 로맨틱한 근사함까지 모두 한눈에 접할 수 있게 한 영화 〈미드나잇 인 파리〉가 올해 아카데미와 골든글로브 각본상을 휩쓴 것은 우연이 아닐 것이다. 뉴욕찬가 대신 유럽의 인문학적 예술과 영감의 공간으로 눈을 돌리게 하는 이유다.

고품격 막장 내면파괴 언어배틀코미디
〈대학살의 신〉

소통의 단절과 이성의 충돌이 빚는 말의 대학살 향연

바야흐로 위기의 시대다. 신뢰의 위기, 가치의 위기, 소통의 위기다. 요즘 '진정성'이라는 단어가 회자되는 것도 이런 연유에서다. '왕따' 문화는 아이들 세계에 끝나지 않는다. 적과 아군의 구분도 모호하다. 오늘의 동지가 내일의 적이 되기도 쉽다. 말 한마디로 천 냥을 갚기는커녕 빚지는 시대가 되었다. 진리가 지금처럼 역설적인 시대도 없다. 영화 〈대학살의 신〉이 교양과 이성을 초토화한다.

양가부모가 아이싸움 사건을 해결하면서 영화는 시작된다. 이성과 합의의 정신이 중요하게 다가오는 듯하다. 대학살의 사건은 여기서부터 시작된다. 11살 재커리가 친구 이턴의 앞니를 부러뜨린 아이의 폭력싸움은 어른의 말싸움에 비하면 정말 아무것도 아니다. "어린아이들이 싸우면서 클 수도 있죠. 어른들이라도 이성적으로 마무리할 수 있어서 다행이에요." 이 한마디가 영화를 내내 비웃듯 관통한다.

피해 아이부모 페넬로피 부부는 헤어지기 전에 커피와 먹을 것을 내놓는다. '가해자의 아이가 진심으로 사죄하고 사과하러 와야 하지 않겠느냐'며 슬슬 신경을 긁는 말들이 오간다. 이내 양가간 자기 방어가 시작되고 온갖 말들을 내뱉는다. '진정한 말의 대학살'이 펼쳐지는 순간이다. 내면의 대학살을 방불케 하는 대사들의 향연이 시작된다. 관객들은 대사와 상황극에 빠져버리고 웃음을 연신 폭발할 수밖에 없다.

이 영화를 보노라면 이 세상에 내 편은 없고, 인간은 누구나 이기적이다. 영화가 주는 웃음은 가볍지도, 무디지도 않다. 웃음 이면에는 날카로운 통찰이 깔려있다. 가장 우아한 집에서 가장 우아한 사람들의 '대학살의 일'들이 바로 그것이다. 인간의 본성적인 내면을 담아내는 섬세함이 돋보이는 이유다. 백미는 단연코 대사다. 양가부부 4명의 캐릭터가 수많은 말들을 내뱉고 있지만, 서로 제대로 소통하는 이는 하나 없다. 소통이 얼마나 소중한지 알게 되는 순간이다.

영화는 현대의 관계적 위기를 일상의 이면으로 끌어올린다. 양가 소속 간 이해관계는 부부 구성원간의 소통의 문제로 확대 비화된다. 유희에 지나지 않을 내용이 관계의 위기에 대한 인식으로까지 나아가게 만드는 것은 이 영화의 힘이다. 대학살의 비극은 그들만의 이야기가 아니다. 바로 우리들의 이야기다. 진정성이 비로소 삶의 도마에 오른 셈이다.

이 영화는 브로드웨이를 거쳐 국내까지 휩쓴 걸작연극 〈대학살의 신(Canage)〉을 원작으로 하고 있다. 양가 엄마로 나온 조디 포스터와 케이트 윈슬렛의 연기 대결도 볼 거리다. 감독은 영화 〈피아니스트〉(2002), 〈올리버 트위스트〉(2005)로 유명한 로만 폴란스키가 맡았다.

군중의 침묵이 부른 처참한 진실 〈더 스토닝〉

종교와 전통에 짓이겨진 이란 여성인권의 충격고발

우리에게도 짱돌을 던지던 시절이 있었다. 독재정권, 공권력을 향한 행동이었다. 누군가는 그 돌에 맞아 상처를 입었다. '민주'와 '자유'라는 이름하에 벌어진 일이었다. 마지막 시구는 어느 곳에선가 돌이 한 여성에게 향했다. 마을 아이들은 부지런히 돌을 날랐다. 돌 부딪는 소리가 온 마을을 집어삼켰다. 영화 〈더 스토닝〉이 여성 인권의 진실을 짓이겨 놓는다.

스토닝(stoning)은 투석형(投石刑)으로 죄수를 돌로 던져 죽이는 형벌이다. 1986년 이란의 작은 마을, 억울하게 간통죄를 뒤집어 쓴 한 여인의 처형식이 진행되었다. 여성의 죄는 여성 스스로 무죄임을 증명해야 하는 이슬람 법 제도에 따라 여성은 스스로를 구원 해야만 한다. 이 영화의 무게감은 가정폭력을 넘어 공적인 폭력이 펼쳐지는 사실적 압박감에 있다. 다정다감한 여주인공 소라야를 중심으로 마구 조여드는 무언의 압박들이 그것이다.

이 영화는 아랍의 사회상을 고스란히 전한다. '남자들의 세상임을 잊지 말라'며 기득권을 위해 아이들부터 철저히 교육시키는 모습, 이용할 수 있는 모든 권력을 이용해 자신의 뜻대로 만들어나가는 과정, 유전무죄, 무전유죄의 경제논리와 남전무죄, 여전유죄의 차별적 논리, 여기에다 신이라는 이름으로 자행되는 군중의 폭력까지 펼쳐 보인다.

마지막 20분의 강렬함은 전율 그 자체다. 돌팔매질이 갖는 폭력의 처참함 때문에 눈을 가리고 고개를 돌려야만 볼 수 있을 정도다. 더욱이 소라야의 친아버지와 두 아들이 그녀에게 투석하는 장면은 가슴을 짓누른다. 마을 사람들 전체에 의해 행해지는 처형장면은 이 영화의 정점으로 야만적이면서 원시적인 형벌을 부각시킨다.

아랍 여성의 차별적 삶이 장면 곳곳에 묻어나 있는 것도 이 영화의 특징이다. 차도르와 히잡이 그것이다. 눈만 빼고 전부 가리는 차도르와 두부를 가리는 히잡을 다루는 여성의 모습이 인상적이다. 외부, 특히 외간 남자에게 보이지 않아야 하는 질서와 전통이 여성들의 생활에 그대로 배있기 때문이다.

실제로 일어났던 소라야 처형사건은 그녀의 이모가 마을을 지나던 프랑스 외신기자에게 전하면서 세상에 알려지게 되었다. 기자 프리든 사헤브잠은 이후 이 사건을 심층 취재해 소설로 엮어냈고, 이를 읽은 헐리우드 감독 사이러스 노라스테가 각본을 썼으며, 영화 〈패션 오브 크라이스트〉를 제작한 영화사 엠파워가 영화화했다.

'너희 중에 죄 없는 자가 먼저 돌로 치라'고 예수가 말하자 군중은 돌을 내려놓고 자리를 떠났지만, 천년이 지난 오늘날 사람들은 여전히 돌을 던지고 있다. 지하철에서 성추행당하는 어린 여학생을 보고도 말리는 이 하나 없는 군중의 침묵, 집단 따돌림인 '왕따', 인터넷 상의 악성댓글 등 사회적 폭력은 문명인 지금에도 여전하다. 우리는 손에 또 다른 돌을 쥐고 있는 건 아닌지 새삼 돌아보게 한다.

사랑과 이별의 리얼리티 〈블루 발렌타인〉

사랑했던 그때, 사랑할 수 없을 것 같은 지금

인간에게서 가장 모순된 것은 무엇일까? 아마도 사랑이 아닐까싶다. 완벽하면서도 가장 부실한 것이 사랑이기 때문이다. 사랑했던 그때와 사랑할 수 없을 것 같은 지금이 그렇다. 가장 주관적이면서도 가장 객관적이어야 할 사랑이기에 그렇다. 끝이 없어야하지만 끝이 있기에, 가장 안정되어야 하지만 가장 위태롭기에 그렇다. 이보다 더 절절할 수 있을까. 영화 '블루 발렌타인'이 가슴을 파고든다.

사랑은 누구나 할 수 있지만 결혼에 골인하기 위해선 거쳐야 할 관문들이 적지 않다. 〈블루 발렌타인〉은 고등학교도 제대로 졸업 못한 이삿짐센터 직원 딘(라이온 고슬링), 의학을 전공하며 미래에 의사를 꿈꾸는 여대생 신디(미셸 윌리암스)의 사랑과 결혼, 헤어짐을 아주 솔직하고 밀도 높게 그린 영화다. 이 영화의 초점은 그토록 사랑했던 이들에게 무슨 문제가 있는지에 맞춰져있다.

천연덕스럽게 관심이 가는 신디의 옆자리에 앉는 딘과의 연애시절, 갈등을 풀기 위해 찾아간 모텔에서 벌이는 부부의 대화와 행각, 싸운 뒤 극한 감정에서 빼 던진 결혼반지를 다시 찾는 딘에게 연민을 주는 신디의 장면이 리얼하다. 서로가 사랑하는지 가슴으로는 이해하지만 머릿속으로는 인정할 수 없는 이들 부부의 달콤하고도 위태로워 보이는 아슬아슬함은 이 영화의 매력이다. 원거리 촬영 기법은 배우들의 연기가 실제처럼 보이게 만든다.

최근 반향을 불러일으킨 국내영화 〈건축학개론〉의 플롯처럼, 사랑과 결혼 전과 후를 오버랩해서 반복적으로 과거와 현재를 뒤얽어놓은 구성은 사랑의 판타지와 현실의 간극을 공감하는 데 최고의 효과를 발휘한다. 영화보다 더 친숙하고 실제적인 익숙한 광경과 행동들은 관객 몰입을 최상으로 끌어올린다. 이 영화가 〈건축학개론〉보다 더 돋보이는 것은 추억을 넘어서는 어떤 문제의식일 것이다.

영화가 끝나고도 그 여운이 쉽게 가시지 않는 것, 빛바랜 이들의 사랑이 더욱 안쓰럽게 느껴지는 것은 이 때문이다. 서로 사랑함을 알지만 헤어짐을 선택하려고 하는 이들의 과오는 어디서부터 시작된 것일까. 사랑, 결혼이 얼마나 어려운 것인가에 대해 많은 걸 생각하게 한다. 억지 감동이 아닌 너무나 현실적인 이야기이기에 빛난다.

"나는 가족을 지키기 위해 투쟁했다. 나의 지금의 조건은 바닥이다. 앞으로 나아질 일만 남았다. 한 번의 기회를 더 달라"는 딘이 폭죽 사이로 걸어가는 마지막 뒷모습이 가슴을 저민다. 사랑했던 그때, 그리고 사랑할 수 없을 것 같은 지금을 절절하게 표현해낸 수작임에 틀림없다.

〈마릴린 먼로와 함께한 일주일〉에서 열연한 미셸 윌리암스(신디 역)는 이 영화로 오스카 여우주연상 후보에 올랐고, 라이온 고슬링(딘 역)은 〈킹메이커〉에서 선 있는 연기를 선보인 바 있다.

범죄의 생태계 보고 〈비정한 도시〉

가해자와 피해자가 따로 없는 각박한 세계 고발

도시는 문명의 보고다. 도시는 문명의 생태계다. 도시는 토지를 잃어버렸다. 그 자리를 과학과 기술이 덮었다. 도시는 정보의 고속도로다. 정보는 빛보다 빠르다. 도시인들은 주파수를 먹고산다. 허기는 이제 포도당만으로 채울 수 없다. 도시는 마음의 벽을 쌓았다. 도시는 사람들로부터 정을 앗아갔다. 도시는 비정한 세계가 되었다. 영화 〈비정한 도시〉가 도시 범죄의 실상을 고스란히 드러낸다.

불특정 대상 살인사건 연평균 600여건, 학교폭력 연평균 2만1957여 건, 작년 한해 여성 실종자수 2372명, 여성 성폭행 연평균 2만여건. 도시는 범죄의 온상이다. 범죄는 비인간성의 집약된 체계다. 심야의 택시사고를 시작으로 범죄들이 꼬리에 꼬리를 문다. 이 영화의 특징은 한 인간의 연쇄적인 범죄가 아닌, 연쇄적인 사건의 다양성이 연관되어 보여준다는 점이다.

'비정한 도시'는 도시인들이 가슴에 품고 있는 각각의 애환을 모티프로 하고 있다. 평범한 9인의 일상에 미친 끔찍한 결말이 리얼하다. 영화 속 연쇄 비극은 흔히 봐온 우리 삶의 이야기다. 불륜, 장기매매, 악덕 사채, 자살, 집단 따돌림 등의 사건들은 꼬리에 꼬리를 물고 걷잡을 수 없이 펼쳐진다. 소시민들의 팍팍한 하루하루의 모습이 사건의 연관성 속에서 팽팽한 긴장감으로 몰입도를 높여준다.

사람들은 서로 누군가에게 영향을 끼치며 살고 있고, 그 사이에는 악연과 필연 그리고 인연이 존재한다. 영화를 보노라면 사건의 우연성이 필연성으로 연상된다. 누구나 가해자이자 피해자가 될 수 있는 공감대는 그래서 생긴다. 모두가 피해자임과 동시에 가해자가 되는 세상. 가끔은 가해자가 피해자가 되는 세상. 선한 사람이 어느 순간 세상에서 가장 악한 사람이 되어버릴지도 모르는 비극이 가득한 세상. 정말 무서운 도시의 자화상이 아닐 수 없다.

도시는 거대한 도미노다. '당신도 비정해질 수 있다'는 이야기가 비정하다. 어떻게든 살아보려 발버둥 치다 결국 전체 사회를 물들게 하는 이야기들이 절절하다. 〈돈 크라이 마미〉, 〈범죄소년〉, 〈26년〉 등 한국 사회의 현 주소를 고발하는 2012년 하반기 영화들 속에 〈비정한 도시〉는 범죄의 총체성과 구조를 다양하게 연관 짓고 있다는 점에서 남다르다. 연말연시를 앞두고, 인간의 정에 대해 한 번 더 생각하게 한다.

'곤조 저널리즘'의 탄생주역 톰슨의 일대기
〈럼 다이어리〉

1960년대 무분별 개발로 병든 미국사회 탐욕, 부패 고발

술 소비는 경기와 반비례한다는 보고가 있다. 불황이나 불경기일 때 술 소비는 증가한다. 삶의 고통을 잠시 잊기 위해서다. 지하철 역사 내 노숙자들이 술에 취해 있는 모습은 흔하다. 최근 홍대 근처 클럽에도 술에 쩐 젊은이들이 넘쳐난다. 청년들의 실업이 만성화되면서 일어나는 현상이다. 근대 개발의 역사도 술과 함께 했다. 〈캐러비안 해적〉의 조니뎁이 술에 쩐 채 나타났다. 1960년대 미국 투기 붐과 당시 언론을 조명한 영화 '럼 다이어리'다.

1960년 한때 소설가를 꿈꾸던 폴 켐프(조니 뎁)가 카리브해 연안의 지역 신문기자로 날아온다. 그의 방에는 숱한 미니 위스키병이 나뒹굴고, 술에 깨어나선 금붕어가 살아 움직이는 어항의 물도 냉큼 들이킨다. 어느 날 부동산 재벌 샌더슨과 그의 연인 서넬(앰버 허드)이 거액을 제시하며 불법 리조트를 위한 기사를 청탁해온다. 평생 술값에 양심을 팔 것인가, 아니면 일생 최대의 특종을 잡을 것인가.

이 영화가 저널이라는 주제를 다뤘음에도 언론의 날카로움에 무게를 둔 것 같진 않다. 대신 카리브해안의 풍경과 푸에르토리코 빈

민가의 환경 정도가 대비되어 눈에 들어온다. 박물관에서나 볼 수 있는 60년대 포드차와 고물 할리데이비슨 오토바이의 모습이 살갑게 다가오기도 한다. 다만 뉴욕타임즈 기자들이 술과 마약에 취해 흥청거리는 모습 속에, 개발 투기 자본가들의 소비향락 문화와 어떤 연관이 있는지 내내 궁금하게 만든다.

톰슨 기자의 특종 잡기도 숙취가 해소되지 않은 상태처럼 명쾌해지는 않는다. '취중진담'이 보일락 말락 톰슨 특유의 매력을 전달하기에는 버거워 보인다. 그저 영화는 비교적 담담하게 흐름을 유지하는 편이다. 톰슨이 종종 술에 절고 약에 취해 흥청거리는 양 행농하지만, 진실을 찾는 예리한 태도를 거둔 것은 아니다. '곤조 저널리즘'이 무엇인지 알게 하는 대목이다.

〈럼 다이어리〉는 타락, 탐욕, 소비에 기반을 둔 아메리칸 드림이 어떻게 언론까지도 무력하게 하는지 까발린다. 1960년대를 배경으로 한 작품이 주목받는 것은, 톰슨이 엿 같다고 욕한 세상이 별로 달라지지 않았기 때문이다. 이는 우리와도 무관하지 않다. 사업가를 흉내 내는 투기꾼들이 개발이라는 이름 아래 여전히 탐욕과 부패의 모습을 보여주기 때문이다.

전인미답의 아름다운 자연을 배경으로 미국의 거대 자본과 기업의 개발로 서서히 병들어가는 불편한 진실을 씁쓸한 시선으로 담은 〈럼 다이어리〉. 재미는 적을지 모르지만 통렬한 비판의식은 강한 울림을 선사한다. 에메랄드 빛 해변에서 펼쳐지는 조니 뎁과 엠버 허드의 러브신도 볼거리다. 2005년 권총 자살로 삶을 마감한 톰슨은 '곤조 저널리즘'이라는 글쓰기를 탄생시킨 인물이다.

우울증의 충격적 완성 〈멜랑꼴리아〉

불안과 히스테리, 공포 등 멘탈붕괴 표현의 정수

요즘 '멘붕'이 유행이다. 그만큼 시대는 정신적인 영역을 부각한다. 과거에는 멘탈이 정립되어 있지 못했다. 지금은 어느 때보다 심리적인 측면이 강조된다. 어쩌면 인간은 근본적으로 우울한 동물이다. 누구나 한 번쯤은 심한 우울증을 앓는다. 고령화사회는 더욱 그러할 것이다. 종교를 떠나 지금처럼 죽음을 상상한 적은 없었기 때문이다. 영화 〈멜랑꼴리아〉가 우울증과 삶의 문제를 충격의 블랙홀로 빠져들게 한다.

제목만큼이나 멜랑꼴리한 〈멜랑꼴리아〉. 영화의 이야기는 주인공(커스틴 던스턴)의 결혼식으로 시작한다. 행복해야할 신부가 이유 없이 짜증을 부리고 결혼식 분위기를 망쳐버린다. 초반부터 영화는 정말로 우울하다. 소행성의 이름인 멜랑꼴리아는 지구 충돌 궤도에 있었고 신부는 지구종말을 직감적으로 알고 있었다. 그래서 그녀는 상사에게 평소에 하지 못했던 말들을 대놓고 할 수 있었고 사랑하는 애마와 함께 달리기를 원했던 것이다. 과학자들은 잠시 지구를 스쳐 지나가는 행성이라고 단언한다. 객관적이고 논리적이며 수학적인 과학자들이 괜찮다며 떠들 때, 그녀의 언니(샬롯 갱스부르)는 안절부절 하며 강박증에 시달린다.

영화는 관찰자적 카메라의 시선으로 두 여성을 지켜본다. 이 영화의 매력은 인간의 불안과 히스테리에 있다. 재난영화가 아닌 이유다. 공포는 충돌 궤도에 있는 행성이 아니라 바로 지구에서 살고 있는 탐욕적인 인간이다. 대저택에서의 결혼식, 골프장이 있는 고가의 집이 그것이다. 지구를 향해 날아오는 멜랑꼴리아는 두 여성의 말초신경을 날카롭게 만든다. 우울이 극심해졌을 때 종말이 찾아든다. 감독의 천재성이 돋보이는 대목이다. 지구의 인간이 우울로 병들어 종말을 맞게 되는 날을 상상해본다는 것, 라스트신은 충격 그 자체다.

영화의 도입부가 독특하다. 바그너의 오페라 '트리스탄과 이졸데' 서곡이 흐르며 영화의 프롤로그, 서막의 영상이 마치 판타지를 대변하듯 디지털 아트의 영상미를 과시하며 펼쳐진 8분이 그것이다. 아방가르드하고 패션영화 같은 서막의 장면들이 별의 충돌과 어떤 연관이 있을지, 본 영화가 시작되어도 초집중과 긴장을 놓칠 수가 없다. 리얼리티가 강한 핸드헬드 기법(흔들림이 그대로 전해지는 핸드 카메라 촬영)은 어디서도 느끼지 못했던 뭉근하고 뻐근한 강한 여운과 잔상을 각인케 한다.

제 64회 칸 영화제 여우주연상을 수상한 헐리우드 배우 커스틴 던스트의 과감한 노출도 인상적이다. 지구에 이상 증세가 보이면 동물들이 반응하듯, 이상한 기운에 대한 자연스러운 한 인간의 행동으로 표현했기 때문이다. 지구가 멸망한다는 사실을 알게 된다면 우리는 어떤 삶을 살게 될까? 아마 모두들 사랑하는 사람과 함께 하고 싶어 할 것 같다. 우울을 완성한 이 영화의 감독 라스폰트리에는 〈도그빌〉, 〈안티 크라이스트〉 등 문제작을 내놓은 바 있다.

고철인생들의 연대와 구원
〈믹막티르라리고 사람들〉

창의적 에너지 구현과 아날로그적 상상력의 도미노

바야흐로 우리는 '복수'의 시대에 살고 있다. 인권이 강화되고 개인의 자주성이 고양되면서 나타난 현상이다. 복수는 다양하게 나타난다. 집단적인 형태인 전쟁으로부터 개인들의 극단적인 표현 양상까지 복수는 악순환마저 겪는다. 최근 복수는 처절하고 지독한 경향이 있다. 그렇기에 영화 〈믹막(티르라리고 사람들)〉의 해피한 복수 이야기는 드물게 맛보는 향수적 상상력을 자극한다.

어릴 적 지뢰 사고로 아버지를 잃고 고독하게 살아가는 바질. 그는 우연한 사고로 머리에 총알이 박힌 채 구사일생으로 살아난다. 직장과 집까지 잃고 거리를 전전하는 처량한 신세의 바질에게 운명처럼 나타난 '티르라리고' 사람들. 약간은 기괴하지만 따뜻한 마음씨의 친구들로부터 용기를 얻은 바질은 머릿속에 박힌 총알과 아버지를 죽게 한 지뢰를 만든 두 명의 무기제조회사 사장들에게 복수를 하기로 결심한다. 믹막은 불어로 '음모(陰謀)'를 뜻하고 티르라리고는 고철판매업자들이 살고 있는 동굴의 이름이다.

이 영화는 기상천외한 캐릭터들이 돋보이는 작품이다. 머리에 총알이 박힌 불운의 사나이 '바질', 전직 민속학자 출신으로 말도 안 되는 사자성어로 적들의 정신을 쏙 빼놓는 '타자기', 인생의 3/4을 감방에서 보내고 단두대 고장으로 기적처럼 살아난 '감빵맨', 티르 라리고의 왕언니 '빅마마', 유연한 몸의 직선적 영혼의 소유자 '고무 여인', 무엇이든 보는 즉시 계산하는 천재소녀 '계산기', 기네스북에 오르는 것이 꿈인 '인간탄환', 어떤 고철이든 작품으로 만드는 괴력의 아티스트 '발명가'가 그렇다.

사실 영화는 비교적 무거운 주제를 담고 있다. 고철이나 폐기자 재들을 수집하는 소외된 사람들이 인류의 평화를 위협하는 굴지의 무기제조업자들을 상대하기 때문이다. 하지만 감독은 이러한 묵직 함을 해학과 풍자로 경쾌한 해피 무비를 만들어냈다. 주인공이 사 경을 헤매는 장면에서 동전 뒤집기로 수술 방향이 결정되는 모습은 상황의 심각성을 경감시켜주면서도 직업윤리를 저버린 의료진의 안 이한 태도를 꼬집는다.

마치 다윗과 골리앗의 싸움처럼 도저히 극복할 수 없을 것 같은 거대한 상대를 향한 무모한 도전은 관객들로 하여금 영화 속 캐릭 터들에 대한 따뜻한 연민을 자아내게 한다. 세계 경제를 쥐락펴락 하는 무기제조업자들이 익살스런 캐릭터들의 기발한 재치와 트릭에 속아 악행을 자백하는 모습은 보는 이들의 가슴을 뻥 뚫어주는 통 쾌함마저 선사한다.

우리는 어쩌면 머릿속에 총알을 박고 살아가는 바질과 크게 다르지 않은 것인지도 모른다. 선량하지만 답답함과 불안감으로 시대를 살고 있기 때문이다. 연대와 협력이 강조되는 것은 그래서다. 진정한 복수란 분노의 관철이 아닌 목숨을 회복시키는 힘이 아닐까 하는 생각을 갖게 한다.

프랑스의 거장이자 기발한 상상력의 귀재로 불리는 장 피에르 주네는 데뷔작 〈델리카트슨 사람들〉과 두 번째 작품 〈잃어버린 아이들의 도시〉 단 두 작품만으로 특유의 연출 스타일을 정립, 세자르 영화제 2개 부문 수상과 칸 국제영화제 황금종려상에 노미네이트되며 세계의 이목을 집중시킨 실력파 감독이다.

왜곡과 통제의 권력 이데올로기 〈송곳니〉

가부장적 세뇌의 뿌리와 자기 파괴로 가는 자유본능

송곳니는 본능의 뿌리다. 인간에게 송곳니는 퇴화의 장소다. 비인간적인 좀비와 드라큘라만이 대신하는 곳이다. 날것을 멀리하는 인간의 송곳니는 상징적 공간이다. 송곳니는 어른이라는 '보수'로의 아이콘이다. 아버지의 훈육이 자리 잡는 지점이기도하다. 송곳니는 세뇌가 발육당한 경계의 결절점이다. 영화 〈송곳니〉가 신랄한 풍자와 상징으로 권력이데올로기를 스케일링한다.

넓은 정원과 수영장이 딸린 도시 근교 한 저택에서 아이들 세 명을 양육하는 부모가 있다. 아이들은 높은 담장으로 바깥세상과 철저히 단절되어 있다. 유일하게 외부로 나갈 수 있는 아버지는 아들의 성적인 욕구를 위해 가끔 회사 경비인 크리스티나를 들인다. 송곳니가 빠져야만 어른이 되어 세상으로 나갈 수 있다는 아버지. 바깥 세상에 대한 궁금증이 커져만 가던 큰딸은 충격적인 계획을 실행에 옮긴다.

아이들은 갇혀있지만 외부로의 탈출이 불가능한 것은 아니다. 그러나 아이들은 대문 밖으로 나갈 생각을 하지 않는다. 오랜 시간 훈육에 의해 길들여진 결과다. TV나 인터넷, 심지어 전화조차 할 수 없다. 반항할 기세도 없다. 오직 아버지에 대한 순종만 있을 뿐이다.

폐쇄된 공간에 피실험자들을 넣어두고 관음적으로 바라보는 영화적 장치와 배경, 대사의 처리가 인상적이다. 아이들은 유아들이 아닌 성숙한 육체의 20대 초반이다. 유독 핥는 모습이 자주 등장한다. 유일하게 외부에서 온 여자, 언니, 아버지도 핥아주어야 하는 강박이 요구된다. 구강기 아이와 다르지 않다. 남녀 배우의 성기와 심지어 반기된 남성의 모습까지 나오지만 외설스럽지 않다.

부모 결혼기념일에 큰딸이 춤을 추며 몸부림치는 장면이 오히려 우울하다. 송곳니는 거짓이고 억압이며 자아를 억누르는 족쇄이기 때문이다. 남매간에 비행기 모형을 놓고 벌이는 칼부림, 고양이에 대해 악감정을 분출하는 장면, 근친상간을 암시하는 대목, 아령으로 송곳니를 부수고 아버지의 차 트렁크에 들어간 '큰딸'의 마지막 엔딩 장면은 섬뜩하다.

아버지는 시스템의 통제자이고 권력자다. 어머니는 가부장적 권위 앞에 선 중간관리자다. 각종 은유와 비유, 상징을 통해 말하려는 것은 바로 우리가 사는 세상, 즉 현실이다. 송곳니가 모든 부조리와 모순에 대한 총체적 상징이자 경고로 다가오는 이유다. 우리는 이들이 사는 집 밖에 산다. 그렇다고 자유롭고 행복하게 살고 있다고 말할 수는 없다. 현대문명의 우울한 청춘들이 좀 더 깨어 있을 것을 주문하는 영화 〈송곳니〉. 내 송곳니가 왜 이렇게 시큰거리는 것일까.

1%와 99%의 놀라운 교감
〈언터처블(1%의 우정)〉

평행한 삶이 교차하는 유머와 감동의 페르소나

 1% 부자와 99% 무일푼이 만나 깊은 우정을 나누는 일이 가능한 것일까? 개천에서 용 나던 시대도 아니고, 부자가 대물림되는 사회에서는 적어도 불가능할 것처럼 보인다. 하지만 어색하게 느껴지는 이 거짓말 같은 이야기가 놀랍게도 프랑스에서 실제로 벌어졌다. 이 내용을 다룬 영화 〈언터처블(1%의 우정)〉이 웃음과 감동으로 찾아온다.

 실제로 영화의 두 주인공은 공통점이 전혀 없는 인물이다. 최고급 자동차가 6대인 상류층 필립(프랑수아 클루제)과 부양할 동생이 6명인 빈민촌 드리스(오마 사이), 또 백인과 흑인이라는 명백한 피부색의 차이뿐만 아니라 불편한 몸 때문에 자유를 구속당할 수밖에 없는 필립과 남의 시선은 아랑곳하지 않는 자유분방한 드리스의 성격도 하늘과 땅 차이다.

 이 영화가 할리우드 대작을 능가할 만큼 특별해지는 이유는 진부한 상황을 꾸밈없이 전개하는 데 있다. 흰 배경에 빨간 물감이 떨어진 그림에 감동을 받고 거액을 지불하는 필립에게 드리스는 "흰 도

화지에 코피가 떨어진 낙서일 뿐"이라며 타박하는 장면이 둘의 관계에 묘하게 침투한다.

있을 법한 그 흔한 갈등과 눈물이 등장하지 않는 것도 인상적이다. 두 사람의 차이에서 일어나는 유쾌한 에피소드들만이 존재할 뿐이다. 오페라를 관람하며 우스꽝스러운 배우 의상에 웃음을 터뜨리는 드리스의 모습, 경찰을 따돌리며 담배를 피우는 두 사람의 모습은 관객들에게 또 다른 재미를 안겨준다.

특히 신파로 빠지지 않는 '쿨함'은 이 영화의 매력이다. 백만장자임에도 불구하고 목 아래로 어떤 감각도 느낄 수 없는 필립의 상황은 충분히 불행으로 묘사될 수 있지만 영화는 어설프게 슬픔을 강요하지 않는다. 마찬가지로 드리스는 자신의 가난한 삶을 부에 기대지도 않는다. 영화는 가장 불행해질 수 있는 순간, 가장 슬퍼질 수 있는 순간 발을 빼고 관조한다.

또 처음부터 끝까지 등장하는 클래식 역시 관람 포인트다. 클래식을 유머로 승화시키는 장면들이 눈길을 끈다. 누구나 한 번쯤은 들어보았을 클래식 넘버들이 영상과 함께 조화를 이룬다. 극과 극의 두 남자가 교감하며 값진 우정을 만들어내는 순간, 우리는 찡한 감동과 함께 박수를 보내게 된다.

영화 〈언터처블〉은 프랑스에서만 박스오피스 10주 연속 1위라는 놀라운 기록을 달성했고, 드리스 역의 배우 오마 사이는 흑인에게 관대하지 않은 유럽 영화계의 편견을 깨고 제37회 세자르영화제에서 남우주연상을 거머쥐는 영예를 안았다.

밀실 거울에 감춰진 사랑의 형벌
〈히든페이스〉

몰카와 관음 문화의 욕망적 시스템과 구조적 상상력

인간이 가장 궁금해하는 심리는 무엇일까? 아마도 사랑의 확인이 아닐까싶다. '사랑해'라는 말 자체로도 사랑은 신뢰를 얻는다. 누구나 한 번쯤 자신이 없을 때를 상상하곤 한다. 그때 그 사람이 얼마나 슬퍼할 것인지, 언제까지 기억해줄 것인지에 대한 궁금함이 그렇다. 사랑을 확인하고픈 여성의 심리를 잘 파헤친 영화 〈히든페이스〉가 새로운 시도와 상상력으로 치밀하게 관객들을 가둬놓는다.

오케스트라 지휘자 아드리안과 여친 벨렌은 연인 사이다. 오케스트라 바이올린 부하 단원이 나타나면서 벨렌은 둘을 의심하기 시작한다. 그러던 어느 날 벨렌은 셀카 동영상 한편을 남기고 사라진다. 실의에 빠진 아드리안은 백방 수소문해보지만 흔적은 어디에도 없다. 그러던 중 아드리안은 자주 가던 바의 직원 파비아나를 만난다. 아드리안의 집에 자주 놀러가게 된 파비아나는 집에서 정체모를 존재에 대해 의심을 시작한다.

이 영화의 스릴과 묘미는 거울과 배관에 있다. 자신을 비쳐보는 거울은 동시에 타인이 나를 훔쳐보는 스크린이기도 하다. 거울은 정체성의 시작점이고 직관적 확인경로다. 진실과 거짓을 구분하는 잣대로도 작용한다. 자신의 욕망에 대한 성찰은 거울을 통해 철저히 검증받는다. 탈출할 수 없는 밀실 배관은 자신의 존재를 연결하는 소통의 통로이기도 하다. 배관의 진동을 통한 물결파문은 절망의 에너지를 압축적 이미지로 응집한다.

이 영화의 독특함은 사랑을 다루는 관점에 있다. 사랑은 그저 원만하고 행복한 '러브스토리'가 아니기 때문이다. 철저하게 확인하려는 욕망과 심리는 스릴러의 원천이 된다. 특히 이 영화는 여성의 관점에서 사랑의 형태를 바라본다. 우연히 밀실에 갇히게 된 시도의 결말이 결국 다른 여성에게 그대로 전가된다. 단순하고 원초적인 남자로 인한 사랑의 형벌은 고스란히 여성들이 짊어지고 있다.

이 영화는 몰카와 관음 문화의 욕망적 시스템에 대한 새로운 구조적 상상력과 형벌을 부여한다. 나치 전범의 도피처로 만든 밀실 구조가 도저히 피할 수 없는 욕망을 확인하는 장소로 변해 있기 때문이다. 욕망은 곧 형벌이다. 욕망할수록 형벌은 피할 수 없는 대가로 주어진다. 심지어 두 여인 벨렌과 파비아나에게 내려진 사랑의 형벌은 나치의 범죄적 유형으로 은유되고 대치된다.

사랑을 시험한 대가는 혹독하다. 눈에 사라지는 순간 사랑은 식는다. 의심과 확인은 이율배반적이다. 여성들의 냉정함이 서로의 욕망을 거세한다. 남자에 대한 평가는 내려놓는다. '감춰진 얼굴'은 오케스트라의 지휘와 피아노의 선율에 따라 타고 넘을 뿐이다. 사랑과 쟁취, 그리고 욕망이 벽거울과 밀실 배관구조를 타고 삼각관계를 가둬버린 최고의 반전 영화임에 틀림없다.

침몰할 수 없는 사랑의 대서사시 〈타이타닉〉

3D버전 창출, 시공간 초월한 멜로 감성의 완성판

관객들은 영화가 끝나도 자리를 뜨지 못했다. 거대한 배는 침몰했지만, 위대한 사랑은 떠올랐다. 영화주제가 'My heart will go on'이 촉촉했다. 여운이 가시질 않았다. 연인들의 눈시울은 뜨거워져 있었다. 사랑에 대한 감성이 극장에 충만했다. 누군가를 사랑한다는 사실이 위대했다. 출구로 많은 연인들이 손을 꼭 잡고 걸어 나갔다. 잭의 죽음이 안타까웠지만, 로즈의 삶이 위로가 되었다. 3D 버전 영화 〈타이타닉〉은 100년의 역사(15년만의 재상영)를 새롭게 쓰고 있었다.

우리는 모두 한 배에 탔다. 사랑의 유람선이다. 인류가 지금처럼 한 배에 탔다는 느낌을 가졌던 적이 있었을까? 인류 문명은 글로벌화되었고 모든 것이 공유되며 공감된다. 이어폰의 음악은 아프리카 음악을 아우르고, 패션은 뉴욕과 파리의 것들이 그대로 재현된다. 애플과 삼성 휴대폰은 세계전역에서 유통된다. 사람들의 감성은 지구촌 어디에서도 그대로 전달된다. 영상, 미디어, SNS까지 지구촌 인류의 네트워크는 그물망으로 촘촘히 연결되어 있다.

당시만 해도 영국 초호화선 타이타닉호 탑승객들은 특혜받은 소수였다. 한 배에 탔다는 인식 자체가 없었다. 나만 살면 된다는 생각이 앞서 있었다. 타이타닉은 근대의 산물이다. 석탄과 증기, 캠축에 의한 동력장치가 선실에 고스란히 드러난다. 컴퓨터라는 개념이 없었다. 디지털보다는 아날로그 감성이 지배한다. 선과 악의 축이 그대로 드러난다. 지금처럼 인간성이 복잡해보이지 않는다. 사랑도 그만큼 절절함이 앞선다. 인연은 길고 질기다.

지금 인류는 지구촌 환경을 생각하고 감성을 공유한다. 한 배를 탔다는 인식이 심화되어 있다. 누구나 따라할 수 있고, 적어도 자유를 누릴 수 있다는 가능성을 품고 생각한다. 지금 인류는 어느 시대보다 풍부한 감성을 지니고 있다. 더욱 세밀한 소리, 더욱 선명한 영상과 화질, 더욱 풍부한 표정연기와 동작까지 감성들은 충만하다. 3D의 기술적 완성도는 이러한 감성의 토대를 구축하며 더 많은 측면과 묘사를 감상하고 공유하고 비교한다.

100년 전 타이타닉 호의 세계가 있었다면, 21세기 지구라는 탑승호는 이제 인류 네트워크의 실체다. 제임스 카메론 감독은 3D 기법을 〈타이타닉〉의 멜로적 감성에 적용했다. 기존에 없던 시도다. 충분히 성공했다. 감성은 입체라는 선 위에 더욱 충만되어 꿈틀댔다. 잭(레오나르도 디카프리오)과 로즈(케이트 윈슬렛)의 감정과 행위들이 더욱 파도쳤다. 배의 난간들은 더욱 공간감 있게 연결되었고, 파도와 뱃머리는 더욱 가파르게 그들의 숨결에 걸쳤다. 화가였던 잭의 연필은 로즈에 대한 사랑의 역사로 더욱 질감 있게 터치화되었다.

재앙의 현장에서 수많은 이들이 꿈꾸는 삶의 현장으로 탈바꿈한 타이타닉 호가 어느새 3D 버전과 함께 공감의 세계로 우리를 인도했다. 여기에다 최첨단 모션 좌석들, 바람, 안개, 조명, 향기와 같은 효과를 적용한 4DX(TM) 첨단방식이 잭과 로즈의 한 순간의 사랑을 영원불멸의 감성적 체험으로 각인시켰다. 인류는 비로소 타이타닉 호에 탑승하는 꿈의 실재를 보게 된 셈이다.

절대로 침몰하지 않을 것이라는 교만함, 죽음을 맞이하는 여러 모습, 자기만 살겠다고 아귀다툼을 벌이는 장면, 잭과 로즈의 절절한 사랑 등 다양한 인간 군상의 세계는 지금 '지구'라는 또 다른 타이타닉 호의 이름이 아닐까? 타이타닉 호에 다시 탑승하는 이유는 그래서일지도 모르겠다.

핸들과 페달의 구원 〈자전거 탄 소년〉

성장의 고통과 균형을 향한 울림과 경고

인생은 페달이다. 우리는 쉴 새 없이 페달을 밟는다. 때로는 페달을 놓치고 넘어지곤 한다. 간혹 페달 자체를 잃어버릴 때도 있다. 삶의 속도는 페달 밟기에 달려있다. 누군가 그 페달을 움직이고 한다. 페달 없는 삶은 상상할 수 없다. 인생은 핸들이다. 길을 찾고 방향을 잡는 것은 핸들이다. 우리는 수없이 많은 흔들림을 경험한다. 때로는 핸들을 놓쳐버릴 때도 있다. 그리고 길을 헤매거나 잃어버린다.

영화 〈자전거 탄 소년〉을 보면서 우리는 어느 샌가 페달에 발을 올려놓는 자신을 발견한다. 그리고 소년의 호흡과 맥박에 박동수를 맞춘다. 핸들과 페달은 삶의 균형을 지탱한다. 두 개의 바퀴가 구를 때 균형을 잡는다. 그래서 자전거는 삶을 관통하는 동력이다. 핸들을 잡은 신체의 반응과 페달의 압력은 함께 가는 동반자다. 균형과 속도가 제대로 배분될 때 삶은 안정을 찾는다.

쉴 새 없이 뛰고 넘어지며 스스로를 몰아세우는 소년 시릴은 우리의 모습이다. 아버지로부터 잃어버린 자전거를 찾아다 준 미용실 주인 사만다의 호혜는 우리 사회가 균형을 찾아가는 힘이다. 전혀 설명되지 않는 사만다의 친절과 연민의 속내를 애써 헤아리고자 노력하면서 자기도 모르게 사만다의 눈으로 시릴을 바라보게 되는 것은 그래서다.

소년에게 자전거는 자아를 실현하는 길이고 안식처다. 페달을 밟는다는 것은 의지를 실현하고 시험하는 일이다. 보육원 소년이 불량배 친구의 유혹에 이끌리는 것은 당연하다. 소년은 범죄를 저지른 후에야 사만다의 진심을 알게 되고, 아버지를 잊고 구원과도 같은 위탁모에게 정착한다. 삶의 경로에는 항상 자전거가 있고, 소년은 달리면서 에너지를 충전하고 위로를 받는다.

이 영화는 인생이라는 자전거에 올라탄 각자의 마음속에 삶의 균형을 찾는 페달을 얼마나 밟고 있는지를 묻고 있다. 지나치도록 단순한 형식과 구원의 메시지를 담고 있는 이 영화는 소년의 성장 영화가 아니라, 그런 소년을 돌보지 못하는 우리 시대 어른에 대한 경고장인 셈이다. 자전거를 타고 홀로 세상을 달리는 아이의 모습이 속도사회에 묻혀 살고 있는 우리의 삶에 투사되는 것은 그래서다.

롱테이크 촬영기법은 우리들로 하여금 자전거의 핸들을 잡은 듯한 느낌을 갖게 만든다. 특히 극적으로 중요한 순간마다 흘러나오는 베토벤의 피아노 협주곡 5번 '황제' 2악장이 인상적이다. 몇 번 나오지 않는 이 음악이 엔딩 크레딧에서 다시 한 번 들릴 때, 우리는 '희망'의 구체적인 실체를 엿본 듯한 먹먹한 감동을 느끼게 된다. 프랑스의 고아들을 대하는 태도와 후견인시스템도 우리 사회가 눈여겨봐야 할 대목이다.

시계태엽에 감겨진 영화의 세계 〈휴고〉

특수효과 시조 '조르주 멜리어스' 오마주

당신이 영화를 보는 이유는 무엇인가? 여러 이유가 있겠지만 그 중 하나는 현실을 잊기 위한 목적도 있을 것이다. 일종의 몰핀 효과 같은 것이나. 이런 점에서 영화는 마술이고 트릭이니. 지금은 CG가 트릭을 대신하지만 예전에는 다양한 테크닉으로 관객을 속였다. 영화 〈휴고〉는 특수효과의 시조, 바로 조르주 멜리에스에 관한 내용을 3D 장르로 각색한 것이다.

넘쳐나는 영상매체의 홍수 속에 사는 우리의 관점으로는, 스크린에 기차가 달려오자 정말 기차가 달려오는 줄 알고 놀라서 도망가는 사람들을 십분 이해하기는 어려울 것이다. 초창기 영화는 달려오는 기차를 스크린에 담은 것만으로도 대박 흥행이었다. 사람들에겐 '화면 안의 가짜'라는 개념이 존재하지 않았기 때문이다.

그렇기에 현재의 영화들이 하루아침에 쉽게 만들어진 것이 아니라는 사실을 이 영화는 보여준다. 일일이 세트를 만들고 필름 프레임을 한 장씩 손으로 색칠했던 제작의 어려움, 현재와 비교해 상상도 할 수 없게 열악했던 환경(당시에는 제2차 세계대전이라는 전쟁까지 있었다), 창조성에만 의지해야 했던 기법들을 보노라면 과거

영화인들의 노력이 숭고하게 느껴진다.

1931년 파리, 몽파르네스 기차역과 역사 내 커다란 시계탑이 이 영화의 주된 배경이다. 그 시계탑 속에 거대한 톱니바퀴가 맞물려 돌아가는 모습이 인상적이다. 역사를 오가는 수많은 대중들과 일상들이 그 톱니바퀴처럼 돌아가는 느낌이다. 영화 〈휴고〉의 줄거리만 본다면 로봇에 담긴 비밀을 풀어내는 부랑아 소년의 멋진 모험이야기라고 생각되지만, 영화의 초점은 감독인 마틴 스콜세지의 조르주 멜리에스 감독에 대한 오마주(재현)에 있다.

영화가 보여주듯 어쩌면 세상은 거대한 시계태엽인지도 모르겠다. 태초에 동력을 품은 거대한 에너지의 흐름으로 세상이 돌아가기 때문이다. 누군가는 그 시계태엽을 돌려야 하고, 고장 난 부품은 계속 나오기 마련이다. 태엽을 돌리는 부랑아 소년 휴고(아사 버터필드)가 아버지(주드 로)로부터 물려받은 고장 난 로봇이 지닌 그리움과 향수가 관객들을 자극하는 것은 이 때문이다. "모든 것에는 의도가 있다. 의도를 잃는다면 고장 난 것과 같다"라는 대사를 통해 부품과 같은 현대인들에게 존재의 이유를 되묻는다.

이 영화는 아카데미 11개 부분 최다 노미네이트, 골든글로브 감독상을 수상했고, 조르주 멜리에스는 프랑스의 영화감독으로 세계 최초의 영화 스튜디오에서 트릭영화를 주로 만들었으며 '이중노출', '페이드 인', '페이드 아웃' 등의 기술을 발견한 영화사에 획을 그었던 인물 중의 한 명이다. 그는 세계 최초의 종합촬영소를 세웠으며 영화의 흥행체제도 확립했다.

가족의 치유와 아버지의 여정 〈디센던트〉

이별과 슬픔에 섞인 고뇌와 잔잔한 감동

지금 아이들에게 아버지란 어떤 존재일까? 또 남편으로서 아내의 외도를 어디까지 이해할 수 있을까? 흔히 남자는 바깥사람으로, 여자는 십사람으로 놓한다. 남자가 집을 이해하는 데는 많은 시간이 필요하다. 마찬가지로 여자가 바깥세상을 헤쳐 나가는 것도 어려운 일이다. 영화 〈디센던트(The Descendants)〉는 집과 가족의 세계를 따뜻하게 이해해가는 아버지 맷(조지 클루니)의 이야기다.

영화는 하와이 부동산 전문 변호사인 맷이 갑작스러운 사고로 혼수상태에 빠진 아내의 곁을 지키게 되면서 시작한다. 디센던트는 자손이라는 뜻이지만, 부모와 자식 간의 관계에 더 초점을 맞춘다. 코마 상태인 아내와 장인의 관계, 맷과 두 딸의 관계가 삐걱거리는 것 같으면서도 훈훈한 감동을 자아내게 한다.

이 영화의 느낌은 바다보다는 호수에 가깝다. 억지스런 설정이나 무리한 전개 없이 잔잔하게 끌고 가기 때문이다. 복잡 미묘한 가족 간 심리묘사를 은근히 따라가게 되고, 오히려 진술함이 너무 지나칠 정도로 영화를 보는 내내 삶에 대한 사색과 인물들에 대한 공감을 동시에 하게 된다. 이야기 중심에는 이별이란 큰 슬픔이 있지만, 낭만적인 하와이의 풍광이 그 슬픔을 묘하게 아름답게 만든다.

아내의 사고 이후 예상치 못한 새로운 국면을 맞은 맷과 가족의 여정이 재미와 감동을 전한다. 식물인간이 되어버린 아내의 불륜을 뒤늦게 알고 그 상대남을 찾아 온 가족이 떠나게 되는 에피소드들이 그것이다. 눈물과 웃음, 가슴 아픈 슬픔과 허를 찌르는 폭소를 자아내며 치유해 가는 가족의 모습이 인상적이다. 조상이 150년간 지켜온 하와이의 자연을 맷이 그대로 지키기로 결정한 장면도 인상 깊다.

많은 이들이 소중한 사람을 잃거나 이별을 앞두고서야 비로소 그 동안의 무심함과 소홀함을 깨닫는다. 누구나 가족이 최고라고 말은 쉽게 하지만 자신의 일이 최우선일 때가 많다. 친구와의 약속이 가족보다 더 끌리고, 일이 바쁘다보면 가족까지 생각하지 못하게 되는 경우가 많다. 이성에 빠지면 부모는 귀찮아지는 존재로 전락하기까지 한다. 이 영화는 가족에 대해 아는 것이 없다는 이유로 비난받는 아버지를 위한 영화다. 모든 인간이 가족의 품으로 반드시 돌아가야 할 필요는 없겠지만, 적어도 가족이 주는 휴식과 평화의 가치는 소중한 것임에 틀림이 없다.

눈부시게 맑고 푸르며 따뜻함이 전해지는 하와이 바다, 그리고 이어지는 마지막 3인의 가족 풀샷 엔딩까지 영화는 더없이 매력적이고 진한 여운까지 전해준다. 이 영화는 2012년 아카데미 5개 부문 후보에 올랐고, 감독은 한국계 배우 샌드라 오의 남편인 알렉산더 페인이다.

표피 속에 감춰진 욕망 〈내가 사는 피부〉

피부로 기억된 21세기 프랑켄슈타인과 복수

성형이 대세인 요즘, 바야흐로 중성의 시대라 해도 과언이 아니다. 누구나 아름다워지고 싶어한다. 남자는 남자대로, 여자는 여자대로 피부 관리에 정성을 쏟는다. 지금처럼 피부가 뇌보다 앞선 시대는 없었다. 이성이 감성으로, 이제는 감각으로 시대를 관통한다. 늙는다는 것은 자연스러운 일이지만 그대로 인정되지는 못한다. 피부는 이제 삶의 기억이고 미화이며 궤적이다. 영화 〈내가 사는 피부〉가 우리의 피부 속으로 깊게 들어왔다.

21세기에 다가온 프랑켄슈타인이라고 해도 좋을 것 같다. 바야흐로 신경계가 모호한 시대로 접어들었다. 피부를 경계로 심리적 실물 세계가 나누어진 기분이다. 베라를 칭칭 둘러싼 천 조각의 배치는 사랑과 복수가 뒤범벅된 욕망의 경계지점이다. 성형외과 로버트 박사는 아내와 딸의 죽음에 대한 욕망을 베라를 통해 완성하려 하기 때문이다.

자신만의 피조물, 괴물 안이 로버트 박사가 살아가야 할 근거지다. 박사가 만든 아픔의 파열조각들을 이어붙인 '피부' 속에서 살 수밖에 없었던 이유는 그래서다. 한 사람의 상실과 상처가 기이한 미적 감각으로 표현된 이 영화는 양성애와 동성애에 대한 편견을 없애주는 데 기여한다. 단순히 성전환자의 이야기를 다루는 것에 그치지 않고 그것을 뛰어넘는 감독의 상상력과 파괴력이 돋보이는 이유다.

베라를 둘러싼 비밀의 궤적은 단순히 과거를 보여주는 데 그치지 않는다. 인간과 인간을 연결하는 가장 가까운 관문을 피부로 보고, 그 피부로 기억되는 삶의 다양한 찰나와 의미, 그리고 고뇌와 본질을 묻고 있기 때문이다. 증오가 사랑으로 승화될 수 있다는 것을 표면적으로 완벽히 보여주기도 하지만, 한 인간의 정체성을 허문 데 대한 과학의 폭력에도 경종을 울린다.

이 영화는 117분이라는 러닝타임이 전혀 느껴지지 않을 만큼 높은 몰입도와 스타일을 보여준다. 모호함 속에 반전이 숨어 있는 베라의 비밀이 흉측하지만 아름다운 피부로 되살아나고 있는 이야기이기에 가능할지도 모른다. 어찌 보면 단순한 줄거리 안에 살아 숨 쉬는 표현력과 기이함이 묘한 재미와 상상력을 부추긴다. 로버트 성형외과 박사가 피부를 완벽히 복원해 내지만, 여성의 내부적 피부인 질을 둘러싼 성적 욕망의 내러티브는 꽤 인상적이다.

원치 않은 성(姓)을 지닌 여자와 원치 않은 성(性)을 지닌 남자, 이 둘이 함께 살아 숨 쉬는 피부가 보여주는 새로운 복수극 〈내가 사는 피부〉. 스킨십이 이성적, 존재적 감각으로 자리 잡기까지 인간의 신경계 변천과정이 이 한 편의 영화 속에 번득이는 것 같아 놀

랍다. 단지 살붙이에 다름 아닌 피부가 현대인들이 '살아가는' 장소
라는 이야기가 이렇게 피부에 와 닿을 수 있는지 정말 놀라울 따름
이다.

제4부 정치의 공간

무대 뒤로 사라진 방송차

우리는 단 한 번이라도 타인의 무대가 되어준 적이 있는가. 5년 동안 무대로 활용되어온 민주노총 방송차가 무대 뒤로 사라졌다. 방송차 무대는 민주노총의 후반부 역사와 함께 했고 집회문화의 보증수표였다. 무대는 방송차가 없을 때도 존재했지만 무대차가 등장하면서 현장이 계획적으로 꿈틀댈 수 있었다. 무대가 간 곳이 200여 곳을 넘는다. 조직 노동운동의 산 증인인 셈이다.

우리는 많은 것을 무대와 함께 했다. 기쁨과 슬픔이 무대와 함께 했다. 무대는 친구였고, 동료였고, 동지였다. 무대를 통하지 않고서는 우리는 벙어리였고, 귀머거리였다. 모든 우리의 의식과 행위는 무대를 통해서 이루어졌다. 우리는 무대를 기다렸고, 무대는 여지없이 우리를 맞아주었다.

무대차의 시동은 소외와 외로움과 고통의 신호였고 연대와 협력의 모범이었으며 전설이었다. 어떤 이도 무대를 앞설 수는 없었다. 정치인도, 대표자도, 지도자도 무대 없이는 설 수 없었다. 우리는 무대를 통해 삶의 신호를 배웠고, 의지의 언어를 습득했다. 무대를 통해 투지를 확인했고, 운동의 의미와 소중함을 깨달았다.

무대는 조직과 문화가 연결되는 통로였다. 우리는 무대를 통해 현실을 분석했고, 무대를 접으면서 뒤를 돌아봤다. 무대는 현장으로 가장 먼저 달려간 연대의 일꾼이었다. 현장의 소리를 듣기 위해 달려간 무대는 그대로 현장의 소리를 전달하는 대변자였다. 무대의 에너지를 통해 조직이 힘을 발휘했고, 조합원들이 용기와 기운을 얻었다. 이처럼 무대차는 든든한 또 다른 조합원이자 카운슬러였다.

무대는 이성과 감성이 오가는 공감대의 교차로다. 무대는 우리의 언어였고 제스처였고 기호였다. 무대는 우정의 나눔장이었고 상징의 공간이었으며 소위의 대리장이었고 응어리의 해결장이었다. 우리는 무대를 통해 소통했고, 타인의 신호를 받아들였다. 무대는 경쟁의 연기장이 아니라 진정성을 토해내는 자유와 평등의 시험장이었다.

무대는 오프라인의 로그온이고 접속장이었다. 우리의 서사는 접속한 무대를 통해 시작되었고, 무대는 현실의 페이지를 끝없이 펼쳐 보였다. 무대가 끝나야 다음 행위를 기약할 수 있었고 시작하고 끝나는 타이밍 판단은 항상 우리의 고민이자 보람이었다.

무대는 현대문명의 통로이고 자아실현의 장이며 시간을 공간으로 접합시키는 매직이다. 우리에게 무대는 늘 당위였고 의무였다. 우리는 늘 함께였지만 무대는 늘 혼자였다. 무대는 늘 외관이었고, 독립된 '무엇'이었다. 우리는 무대를 통해 자신을 발견했고, 무대는 우리를 통해 자신을 세웠다. 무대 앞은 늘 역동적이었지만 무대 뒤는 에너지의 소모장이었다. 무대는 봉사와 희생의 대명사였다.

무대차는 온갖 사연의 보관소였다. 현장에서 파손은 물론이고 빼앗기는 경험도 있었다. 무대차는 민주노총을 중소영세 사업장과 매개하는 역할도 거뜬히 했다. 무대가 없는, 무대를 필요로 하는 이들에 대한 지원과 협력의 산물이자 약속이었다. 무대차는 정체와 이동을 수시로 변환시키는 트랜스포머이기도 했다. 너와 나를 연결해주고, 서사와 스토리를 제공하는 의식장치인 무대차는 우리의 팔과 다리였고 입이었다.

무대는 조직의 내면이 외형화하는 곳이다. 무대는 조직의 의식을 응집의 형태로 묶어주는 곳이다. 신속하고 유연한 시스템 방식으로 집회문화의 조직자인 민주노총 무대차는 든든한 후원자이고 버팀목이었다. 무대는 우리의 용기를 북돋웠고 실수를 감싸 안았다. 대중과 직접 대면하고 호흡하는, 진정한 파수꾼이었고 방패막이였다.

삶은 무대다. 21세기 우리의 현장은 상징과 기호로 가득한 무대 위에 존재한다. 너와 나는 무대를 통해 드나들고, 우리는 모두가 배우이자 연기자다. 우리는 매일 많은 역할 속에 하루를 보내고 정리하며 모두가 조연이자 주연이다. 너는 나의 무대이고, 나는 너의 무대가 되어야 한다. 우리 모두가 현실을 공유하고 참여하는 연기의 주인공이기 때문이다.

우리는 무대 위에서 경쟁을 하지만 협력의 소중함도 함께 배운다. 정작 우리가 한시라도 진실의 연기를 하고 있는지 돌아볼 일이다. 이제 우리는 새로운 무대를 마련해야 한다. 연기와 상징이 가득하지만 삶의 진정성을 펼쳐 보이는 무대가 그것이다. 무대가 사라지는 날 음향국장의 아픔이 그제야 무대 위로 올려졌다. 무대는 그에게 기쁨이었고, 신명이었다. 무대의 현수막과 함께 날리는 음향국장의 머리카락이 새삼 그립다. 땀방울이 눈에 선하다.

민주주의의 첨병 '1인 시위'

1인 시위가 민주노총을 전국으로 연결시켰다. 1인 시위가 민주노총 내에 새로운 시위 아이콘으로 자리 잡는 순간이다. 지난번 광화문 부근 1인 시위가 신고식이었다면 이번 모드는 이슈를 빠르게 확산시키는 안테나 역할을 했다.

한국 민주주의는 누군가의 의도에 의한 집회를 계기로 성장해왔다고 해도 과언이 아니다. 하지만 이제는 1인 시위에 대한 사회적 반응이 새롭게 서고 있다. 촛불집회의 경우도 낱낱이 뜯어보면 1인 시위의 거대집합장에 다름없다. 누군가의 의도라기보다 개인들이 스스로 모여 자신들을 표현했기 때문에 그런 것이다.

한 시간이지만 별다른 동작 없이 서 있는 것이 힘든 일이라는 걸 새삼 느꼈다. 사실 집회는 프로그램을 보면서 시간을 보내면 되지만 1인 시위는 그렇지가 않다. 자신이 느껴야 하고, 참아야 하고, 견뎌야 하기 때문이다. 내가 하지 않아도 누군가 해주는 집회는 존재해도, 내가 없는 1인 시위는 없다.

1인 시위는 본질상 집회와 비슷하지만 실제 내용은 사뭇 다르다. 집회는 누군가의 주도에 의해 만들어진 프로그램을 갖고 하지만 1인 시위는 자신이 책임지는 구조다. 프로그램을 만들고 소비하는 데 드는 비용과 시간이 들지 않는 장점이 있다. 굳이 프로그램이라고 한다면 그것은 지나가는 자동차와 시민들로부터 감지되고 상상되는 무한한 느낌들이다.

어쩌면 1인 시위는 무한히 분화되고 있는 현대사회 속에서 트위터나 블로그, 개인홈피와 같은 개념으로 진화하고 있다. 복사 개념은 없지만 개인이 창의적으로 만들어간다는 점, 쉽게 따라할 수 있고 누구나 할 수 있다는 점에서 비슷하다. 조직이 아닌 개인으로도 충분히 기능한 저술이다.

1인 시위는 조선시대 신문고처럼 개인의 억울함을 알리는 것으로 출발했지만 사회운동 차원에서 어떤 조짐을 알려주는 의미도 있다. 사회적인 현안에 대한 고발이나 이슈를 던지기도 하지만 조직이 어떤 일에 관심을 갖고 있는지를 보여주는 의미도 강하다. 이점을 충분히 살린다면 예고(경고)하는 의미로도 활용할 수 있다.

현대의 조직경쟁은 흐름의 격전장이다. 그런 의미에서 1인 시위는 조직의 개인전술이자 게릴라전이고, 비정규전이다. 아이러니이지만 안정은 유연함을 방해한다. 불안정할수록 유연해진다. 민주노총은 1인, 10인, 100인, 1000인, 1만인 등 적시적소에서 유연하게 변신이 가능해야 한다. 그렇게 하려면 절차가 간소화 되고 준비가 빨라져야 한다. 판단과 결정도 빨리 되어줘야 한다.

1인 시위는 결국 본질적인 집회를 위한 훈련의 의미도 있다. 인내심이 필요할 뿐만 아니라 참여하는 자발성이 필요하기 때문이다. 1

인 시위는 집회로 가는 통로인 셈이다. 특히 교대로 할 수 있다는 점에서 빠르게 분화되고 있는 사회구조에 적합한 시위양식인 셈이기도 하다.

1인 시위는 단순해 보이지만 사회가 분화되고 연결된다는 차원에서 고차원적인 분석과 해석을 필요로 한다. 1인 시위를 하다보면 이런다고 효과가 있을지, 누가 알아줄지, 혼자 이러고 있는 처지에 대한 비관이 들기도 하고, 혼자 해야 하는 외로움이나 삭막함도 든다. 그럼에도 누군가 사진을 찍어주는 사람이 있고, 가끔은 경찰이 와서 말을 거는 일도 있다. 결코 혼자가 아니란 이야기다. 세상은 연결되어 있고, 누군가가 지켜보고 있고, 알려지게 되어 있다.

직접적인 효과보다는 조짐적인 은근한 효과를 나타내는 1인 시위. 이는 역동적인 과정에서 집회가 가져다준 피로(교통체증, 소음, 상인들의 불만, 개인의 소외 등)가 부각된 한국사회에서 집회를 보완하는 의미도 있다. 청와대 앞 정보기관 관계자들이 부리나케 달려오는 것도 바로 이런 개미들의 신호가 또 다른 집회로 이어지지 않을까 하는 점 때문일 것이다.

그러고 보니 도심 내에 여기저기 혼자서 하는 1인 시위가 부쩍 눈에 들어오기도 한다. 어쩌면 우리는 수만 명의 사람들을 모으고, 훌륭한 프로그램으로 무장한 집회를 가지는 것에 대한 궁리만 염두에 두고 있는 것이 아닐까. 세상은 그렇게 호락호락한 것 같지 않다. 세상에 공짜는 없다는 말처럼 더 많은 종류의 실천과 축적과 인내가 필요한 일이다.

'딱딱하고 허전한' 대의원 간담회

6.2지방선거에서 두각을 나타낸 강원지역 대의원순회간담회가 진행되었다. 비교적 소박한 12명의 민주노총 대의원들이 참석해 전국노동자대표자회의(이하 전노대) 장소 시청 선정, 산별구획정리, G20투쟁, 시이버투쟁, 지선제 문제 등 다양한 이야기들을 꺼내놓았다. 특히 10만 조직화에 대한 가능성 여부와 구체적인 계획을 주문하는 목소리가 높았다.

사실상 민주노총 위원장이 대의원들과 직접 만남을 갖는 것은 처음 있는 일이다. 위원장이 민주노총 대의원을 직접 만나겠다는 것은 우선 '대대'의 올바른 성사를 겨냥한 사업으로 볼 수 있다. 그런데 주요 취지와 시간적인 문제가 주최 측에 있었을 것으로 보이지만, 그동안 대대가 파행으로 진행되어온 경과와 고질적인 문제점들이 중요한 이상 이에 대한 토론이 없었던 것은 아쉽다.

'(대의원)소집'이라는 것은 조직의 수직적 체계의 실행을 의미한다. 민주노총 위원장으로서의 권위가 일단 작동하고 있음이다. 그렇기에 프로그램에서 수평적인 내용으로 보완하는 것이 중요할 수 있다. 부드러운 운영, 인간미 넘치는 쌍방향의 토론자리가 되도록 하는 것이 그 의미일 것이다. 의장석을 따로 두거나, 회의 분위기가 위원장 중심으로 진행되거나, 논의 주제도 답이 보이지 않는 거시적 플랜에 집중되어 있음은 생각해 볼 지점이다.

10만 조직화에 대한 문제제기가 대의원간담회에서 공통적으로 나온다는 것도 짚어볼 대목이다. 즉 10만이 모이는 행위의 의미(필요성), 10만을 모을 수 있는 역량에 대한 문제, 10만을 모았을 때 운영계획 등이 그것이다. 사실 이러한 관점들의 이면에는 수만 명을 모았을 때보다 이들이 모였다 파했을 때와 이후에 나타날 변수를 더 염두에 두고 있음을 의미한다.

모으는 것도 중요하지만 거대집회(모임)를 운영하고 또 파한 이후가 더 어려운 문제로 다가온다는 이야기다. 집중된 거대 일시모임보다 산발적이지만 일상적으로 각개전투를 벌일 때 하는 조직 행동이 조직원들에게 더 실효성 있는 의미를 줄 수 있다는 점이다. 결국 수만 명을 모으고 파하는 데 따른 연결 프로그램이 세밀히 준비되어야 하고, 이를 토대로 조직화가 설득되어야 할 것이다.

전노대 당일 실행할 프로그램 계획과 내용도 10만 조직화라는 계량적 목표와 상관성을 크게 갖고 있다. 이미 올해의 경우 늦었다고 판단되지만, 향후에는 미리 1년의 준비실행계획을 갖고 조직화와 연동해 들어가야 할 것으로 보인다. 그동안 전노대 행사경과를 보면 거시적(정치경제) 플랜의 실현 계기를 위한 장이었다. 미시적(다양성, 문화, 환경, 정서, 프로그램 등) 발상과 조직 작동 플랜이 그에 걸맞게 충분히 연구되고 제시되어야 하겠다.

그동안 민주노총 11월 전노대가 한국 사회에 어떻게 작동되어 왔는지 여러 측면에서 솔직하게 분석되고 판단되어야 할 필요도 있다. 특히 거시적인 목표와 플랜을 우선순위에 놓고 계속 추구하고 있는 민주노총 입장이라면 더욱 그렇다.

아무튼 민주노총 위원장이 직접 대의원들을 만나는 자리는 큰 의미를 띤다. 이전에 없었던 새로운 만남이고 통로이기 때문이다. 이처럼 보여주지 않았던, 가지 않았던 모습을 많이 보여줘야 할 것 같다. 수직적이고 거시적인 목표를 제시하고 이에 따르는 협조를 구하는 방식은 이제 모두가 지겨워할 정도로 충분하다. '할 수 있다'는 생동감과 신뢰로 연결되기에는 뭔가 허전하다. 기존에 보지 못했고, 하지 않았던 조직화의 사각지대를 차고 들어가야 한다. 예컨대 산별연맹과 단위사업장들에 대한 다양한 결합 활동을 벌일 수 있는 아이템(범주)을 설정하고 행동에 들어가는 것이다.

이번 순회간담회는 지역본부를 강화하는 의미도 띤다. 지역본부를 중심으로 대의원들을 소집하고 운영하기에 그렇다. 강원본부의 경우 대의원들이 오랜만에 많이 모였다는 평가가 나온다. 그럼에도 지역 대의원들의 TO와 현황파악이 매끄럽지 못한 것은 아쉽다. 지역본부를 중심으로 얼마나 내실 있게 간담회를 준비했고 본부에 힘을 실어줬는지 다시 돌아보게 되는 이유다.

꿈과 희망의 향연 '보건 가을문화제'

노동조합에도 가을은 있었다. 우리에게 계절은 고단함이었다. 사시사철 온갖 의도와 기획이 함께 했다. 문명의 톱니바퀴에 노동조합도 예외일 수 없었다. 경쟁의 틈바구니 속에 살기 위한 몸부림이었다. 언제부턴가 가족이 멀리 있음을 알았다. 조직이 자신과 다른 곳에 가 있음을 느꼈다. 하지만 노동조합이라는 단어는 여전히 감동을 잊지 않게 해준다.

2010년 보건의료노조 1,100명의 인원이 함께 한 소백산 가을문화제와 등반대회는 감동 그 자체였다. 노동조합이 아이들에게 꿈을 키워주는 시간이었다. 어른들도 새삼 꿈을 확인하는 공간이었다. 1박2일 이곳은 시간이 정지된 곳이자 공간이 가역적으로 변하는 무대였다. 꿈과 희망과 미소가 서로를 탐내는 상대성이 가득한 향연이었다.

10년 가을문화제 역사에 처음 선보인 '마임공연'이 눈길을 끌었다. 뜻 그대로 말이 필요 없는 공연이었다. 말과 신호가 넘치는 한국사회에 말이 없이도 소통되는 시간이었다. 아이들을 무대의 주체로 세우는 기교들이 놀랍다. 그것은 말이 아닌 행위였고 제스처였다. 새로운 대화법이었다.

풍선과 비눗방울 공연이 아이들을 사로잡았다. 부피는 꿈과 비례했다. 허공도 꿈과 비례했다. 반면 비중은 꿈과 반비례했다. 무대의 공간이 아이들의 꿈속으로 스며들었다. 가벼움이 만들어내는 세계의 놀라운 힘이었다. 시간이 멈추는 공간의 예감 속에 아이들은 슬로우 패턴을 경험한다. 아이들이 직면할 속도와 외관의 문명세계에 대한 새로운 체험인 것이다.

비눗방울과 풍선의 다른 점은 투명성이다. 무수히 많은 비눗방울들은 복제의 꿈을 서사하다. 이는 온라인의 것과는 원천적으로 다르다. 온라인을 능가하는 현실의 가상신비가 오프라인에서 실현되고 있는 것이다. 비눗방울을 잡으려는 아이들은 꿈을 실현하려는 미래의 주체들이다. 비눗방울을 꿈의 세계로 띄워내는 협력의 체험도 이들의 몫이다.

드림콘서트에 이어 대동마당은 공동체놀이의 절정이었다. 대나무 달집을 중심으로 펼친 10m 소원천에 아이들을 올라가게 한 후 엄마, 아빠들이 방향별로 여러 개의 소원천을 잡고 아이들을 공중으로 던져 올리면서 무병장수를 기원하는 놀이다. 이때는 모두가 엄마였고 아빠였다. 모두가 딸이었고 아들이었다. 엄마와 아빠로의 확장이자 모든 아이들에게 향하는 나눔의 기회였다.

개인화, 개별화되는 아이들. 온라인 유혹에 빠져든 아이들. 골목을 잃어버린 아이들. 공동체라는 마당을 경험해 보지 못한 아이들에 대한 사랑의 나눔과 확장의 계기였다. 엄마, 아빠들의 네트워크를 강화하는 기회이기도 하다. 아이들과 어른들은 저마다 이동 버스에서 친목을 나누고 다진다.

강강술래와 함께 하는 집단 손바닥 마주치기도 색다른 체험이었다. 사람마다 손의 크기가 다르고 온도도 다르다. 고사리 손들, 주름진 손들. 하이파이브를 하는 행위가 다르고 인사하는 법이 다르다. 인생의 역경과 경험이 녹아 있는 손바닥의 마주침과 울림들. 인생의 경륜과 무게가 담겨진 손바닥의 스킨십을 통해 이날의 추억을 간직한다.

달집태우기는 소백산의 정기와 참가자들의 소원을 흠뻑 빨아들이는 행사의 절정이었다. 대나무 속이 타들어가는 가을의 밤과 산화하는 불꽃들, 딱딱 소리를 내는 울림들이 벅차게 어울렸다. 이날 밤에 펼쳐진 한강 불꽃놀이보다 더한 감동을 준다. 개별화된 가족들의 수적 모임과 엄마, 아빠, 아이들로 확장된 공동체의 감성이 다르기 때문이다.

소백산은 아담하고 운치 있는 산이었다. 문명의 짐을 내려놓고 자연의 짐을 얹는 산행. 고단한 짐을 내려놓고 여유의 짐을 새롭게 꾸리는 산행이었다. 산에 오르는 일은 문명을 멀리 하는 기획이자 작업이다. 의외로 아이들이 산을 잘 탄다. 어른이 되면서 산의 의미를 깨닫는다는 것이 묘하다. 몸집이 커지고 키가 클수록 중력을 더 받는다. 삶의 무게가 작용하는 것이 산행인 셈이다.

'만화경 만들기' 부스 마당을 직접 진행하면서 느끼는 아이들의 눈동자와 해맑은 미소들을 잊지 못할 것 같다. 호기심에 가득한 동심들에게 노동조합은 그 '무엇'이어야 한다. 아이들에게 사랑을 표현하는 엄마, 아빠들에게도 마찬가지다. 미소와 기쁨과 행복은 감염되는 것이다. 노동조합이 아이들에게, 어른들에게 꿈을 줄 수 있다는 희망이 있음에 감사한다. 우리가 함께 했다는 동질감에 감사한다.

봉이 김선달과 산별노조

최근 노동현장(단위노조 사업장)에 새로운 바람이 불고 있다. 이명박 정부가 들어서서 타임오프를 둘러싸고 개별 기업단위 투쟁들이 조합원을 중심으로 새로운 힘을 보여주고 있기 때문이다. 마치 87년 노조들이 보여준 투쟁의 현장을 보는 듯한 착각을 불러일으킬 정도다.

2010년 8월 27일 롯데미도파노조 조합원이 보여준 야간집회 현장은 마치 1987년 구로공단 여성노동자들의 일사불란한 모습을 방불케 했다. 2002년 미도파백화점이 롯데그룹으로 인수될 때 파업직전까지 갔다가 타결된 이후, 8년 만에 다시 타임오프를 놓고 파업직전 상황에 마주앉은 것이다.

31일 보훈병원에 이어 9월 1일 고대병원이 보여준 파업전야제 역시 그러했다. 어느 때 같으면 산별교섭이니 산별투쟁이니 하는 구호나 현수막이 보일만도 한데 눈에 들어오지 않았다. 오히려 '계속 거절하면 조합원의 힘으로 교섭창구 열어낸다', '입 막고 눈 가리고 귀 막고 시집살이하듯 일만 했다. 더 이상은 못 참는다', '추석 전 타결하여 소급분 받아 명절가자'라는 구호 일색이었다.

대회 현수막도 '조합원 결의대회'였고 투쟁결의문에도 '산별'이라는 언급이 없이 기업별 요구와 결의가 물씬 풍겨나는 내용들이었다. 마치 추석 귀향을 앞두고 투쟁하는 공단 여성노동자들의 모습을 그대로 보고 있는 듯했다. 물론 한편으론 그때 느꼈던 감동과 여운이 다시 살아나는 분위기였다.

그런데 이렇게 목격하고 있는 것이 다일까. 노동운동이 과거로 회귀하고 있는 것일까. 산별노조의 필요성은 다시 실종되는 것일까. 사실 지금은 민주노총이 15년의 조직성장으로 70%가 산별로 전환한 마당이고, 보건의료노조의 경우 교섭과 투쟁을 기반으로 명실상부 산별노조를 우뚝 세웠다. 그렇다면 지금 조성되고 있는 기업별 단위의 흐름은 어떻게 이해해야 할까.

파업전야제 때 조금만 주의 깊게 분위기를 살피면 답이 보인다. 산별본조 성원들이 이들의 투쟁을 기획하고 준비하고 지원하는 모습이 그것이다. 총무실은 도시락을 챙기고, 조직실은 무전기를 들고 만일의 사태에 대비한다. 문화국장은 음향시스템과 가수를 섭외하고, 나머지 성원들은 주위에서 분위기를 북돋운다. 산별노조 자원의 규모가 커졌고 이런 것들이 조직적으로 작동하고 있음이다.

이들 단위노조들의 투쟁에는 산별노조의 백그라운드가 스며있었던 셈이다. 2004년 고대 산별파업을 성사시켰던 보건의료노조. 하지만 작년을 고비로 산별교섭이 끊어졌고, 올해는 아예 초장부터 현장교섭으로 전환했다. 산별노조가 꿈이었고 살 길이었고 대안이었지만 그것만이 다가 아니었다는 이야기다. 어쩌면 이제 산별노조는 유연함을 배우고 있는 중이다.

조직의 규모가 크고 덩치가 커질수록 유연하게 대처하기는 쉽지 않다. 보건의료노조가 아예 격년제로 산별교섭과 현장교섭을 번갈아 할 필요가 있다고 주문하고 있는 것은 이 때문이다. 전남대병원, 보훈병원, 고대의료원 등의 순차적인 해법을 놓고 흐름과 집중을 통해 대응기법을 유연하게 적용하고 있음이다.

더불어 창의성도 배가되고 있다. 보건의료노조 김모 문화국장이 만든 것으로 알려진 응원가(으라차차단결투쟁가)가 노동조합에 새로운 신명을 불러일으킬 조짐을 보이고 있다. 리듬과 율동과 느낌이, 경직되고 전투적인 노동운동가요의 기존 전형을 넘어서서 새 시대의 흐름에 맞는 흥분되고 열린 정서로 새롭게 창출하고 있기 때문이다. 젊은 여성조합원들의 에너지를 발산시키기에 전혀 부족함이 없었다.

사실 우리는 위기를 다르게 보고 있는 건 아닌지 모르겠다. 위기가 관점과 해석과 적용의 차이로부터 생겨나는 것은 아닐까 하는 것이다. 정지된 자는 이동이 위기이고, 이동하는 자는 정지가 위기일 것이다. 삶은 죽음의 위기이고, 죽음은 삶으로부터의 위기이다. 정체는 흐름으로 해결할 일이고 흐름이 과하면 정체시키면 될 일이다. 표면적인 현상 기저가 아닌 좀 더 깊은 투시와 이해와 노력이 필요할 것이다.

규모와 관계없이 어느 노동조합도 지금 처해진 환경에 적응하려고 고민하고 있고, 처신하고 있음을 본다. 위기가 아닌 희망을 보고 있음이다. 덩치를 키우는 것 자체가 능사가 아님도 배우고, 덩치가 커서 빨리 할 수 없음을 성찰하는 지혜도 뒤늦게 배우고 있는 중이다.

10만 명 조직화도 보기 나름이다. 봉이 김선달은 똑같은 대동강 물을 갖고 상인들로 하여금 다른 양의 대동강 물을 만들어냈다. 유연함이 없이는 불가능한 일이다. 예컨대 10만은 2만을 5번 곱하면 나오는 수치다. 이제 민주노총도 봉이 김선달과 같은 유연한 사고와 적응이 필요한 때다. 희망은 절망이라는 정체 위기로부터 유연함이 만들어주는 것에 다름 아니다.

노동자를 부탁해

121주년 세계노동절. 이날은 가장 계급적이고 가장 포괄적인 역사의 이면을 드러내는 날이다. 지금 사람들은 모두가 하루를 축복하고 기억하는 주인이 되고 있다. 365일 단 하루도 상징과 의미를 갖지 않는 날이 없을 정도다. 발렌타인 데이, 빼빼로 데이는 물론 개인의 생일까지 모두가 하루를 기리고 축복하는 데 인색함이 없다. 그만큼 사람들은 매시간 삶의 의미를 서로 쪼개고 공유하기 시작했다.

많은 노동자들이 여전히 절규로 날들을 보내지만, 노동자로 태어난 것이 지금처럼 다행인 적도 없다는 생각이다. 결코 부끄러움이 아니라는 이야기다. 노동자들은 성장했고, 일을 갖고 있는 자부심도 있다. 지금은 어렵게 보일지 모르지만 우리는 언제나 변화할 수 있는 힘과 여건을 갖추고 있다. 존재의 기반과 축적된 힘의 전수는 물론, 노동자 계급이 갖는 위상과 역량들은 가히 무한하기 때문이다.

특히 지금 이 시대 조직된 노동자들은 행복한 사람들이다. 우리는 조직을 통해 표현할 수 있는 기회를 갖는다. 많은 사람들이 소통에 어려움이 있고, 자신들의 꿈을 이룰 통로를 갖는 데 어려움을 갖고 있음은 새삼 말할 필요도 없다. 자살자들이 늘어나고 있는 것도 같은 맥락이다. 경제적인 지위, 욕망을 넘어 이제 사람들은 자신들의 조건을 이해하기 시작했고, 행복의 의미를 나름 깨달아가고 있기도 하다.

최저임금 노동자들에게 삶의 의지를 불어넣고 박수를 보낼 수 있는 것도 조직된 노동자들의 투쟁과 성숙의 결과다. 그렇기에 이번 노동절에 임하는 조직노동자들의 태도와 행위는 중요하다고 본다. 노동절 행사를 겸허하고 축복으로 보내야 하는 이유는 그래서다. 사회 구성원들은 어느 때보다 성숙한 집회의 보장과 운영을 원하고 있을 것이다. 조합원들이 정말 바라는 것, 가려는 방향이 무엇일까를 진지하게 고민해보는 노동절이 되었으면 하는 바람이다.

〈엄마를 부탁해〉(신경숙)가 전 세계적으로 베스트셀러로 주목받았다. 사실 '부탁'이라는 말을 진정성 있게 쓴 것은 그리 오래된 일이 아니다. 부탁이라는 말을 쉽게 꺼낼 수 있는 사람은 그리 많지 않다. 부탁이란 맡기는 것, 의존하는 것이고 자존심을 내던지는 행위이기 때문이다. 그동안 우리는 부탁보다 쟁취를 위해 달려왔고, 여전히 쟁취는 우리의 미덕으로 남아 있기도 하다.

부탁에 인색해하는 풍토 속에, 부탁을 가장 많이 하는 사람인 '엄마'를 그리워하는 내용이 베스트셀러가 된 것은 우연이 아니다. 사실 부탁은 자신을 낮추고 상대를 높이는 행위이고 자신의 책임을 상대에게 위탁하는 행위이다. 부탁의 가장 고도의 행위가 정치와 제도 영역이다. 우린 부탁으로부터 자유로울 수 없고, 오히려 부탁이 많아야 하는 이유를 더 요구받고 있다.

부탁은 헌신이자 희생이고, 가장 보편적인 성찰이자 실천 행위이다. 부탁은 타인으로부터 관계를 모색하는 행위이고, 자신으로부터 타인에게로 침투하는 행위이다. 비록 일시적으로 상대에게 난처함을 줄 수 있지만, 상대의 힘과 의지, 여유를 살펴볼 수 있는 계기가 되기도 한다. 부탁은 상대에게 자신을 드러내는 행위이기에 솔직함이 따른다. 진실 없이 부탁은 어렵기에 진정성이기도 하다.

노동절이 노동자의 날이지만 우리의 시대적 사명은 거대 사회의 '부탁'이 함께 하고 있음이다. 또 우리는 다른 사회구성원들로부터 부탁의 요구와 기회를 갖고 있기도 하다. 개인의 부상과 자아성찰 과정은 자긍심과 자유의 의미를 깨닫게 해주지만, 한편으로는 집단에 대한 추억과 향수를 소통이라는 형태로 추구하는 양면성을 지닌다. 솔직한 부탁을 할 수 있는 노동절이 되었으면 좋겠다.

시위의 설계와 힘

우리는 뚜벅뚜벅 걸어 나갔다. 발자국마다 체중을 싣고 의미를 밟았다. 역사의 무게도 함께 밟혔다. 평범한 길이 아니었다. 평소의 보폭이 아니었다. 깃발의 압력과 선두진형의 긴장이 함께한 발걸음이었다. 진압과 연행에 대한 사전정보가 흘렀다. 그 정보가 발걸음에 함께 실렸다.

우리는 설계한 대로 걸었다. 설계도는 이미 있었다. 물론 우리의 걸음이 반드시 도면 안에 위치할 것인지 장담하지 못한다. 빗나갈 때를 대비해 우리가 감당해야 할 그림도 함께 그렸다. 수많은 퇴각로와 힘의 균형들이 제시되었다. 그 균형이 깨질 때 나타날 전형들도 동시에 그렸다.

강한 의지는 긴장을 낳는다. 긴장은 이미 우리의 경험이고, 우리의 일이었다. 그럼에도 오늘의 것은 또 다른 긴장의 끈이다. 우리는 이완되었을 때 긴장의 의미를 더욱 알게 된다. 또 긴장되었을 때 이완의 필요성도 느낀다. 긴장과 이완의 순환이 역사였음도 분명히 알고 있는 사실이다.

우리의 힘은 믿음과 설화에 의한 것이다. 우리는 국가권력과의 수많은 무용담을 갖고 있다. 우리의 공감대는 강력한 힘이 되었고,

믿음을 낳았다. 깃발도 하나가 아니고, 발걸음도 하나가 아니었다. 우리는 협력의 의미를 누구보다 잘 알고 있고 실천해왔다. 노사간 문제에 국가권력이 개입한 증거를 무수히 갖고 있고, 동료들과 함께 나눠왔다.

우리의 설계도가 부족함에도 완벽한 것은 이 힘 때문이다. 우리는 우리의 믿음을 그토록 공감함에도 의미를 놓칠 때가 많다. 중앙과 지역, 총조직과 가맹조직의 이해가 차이를 보였다. 모든 논의들은 나름 근거를 갖고 있고, 힘을 갖고 있다. 하지만 우리의 믿음은 우리의 관계를 여전히 매끄럽게 연결 짓고 있지 못하다.

우리는 가맹조직과 지역이 민주노총이라는 실물을 갖고 또 다른 새로운 힘을 설계할 수 있음을 본다. 민주노총 위원장이 함께 하는 발걸음의 무게가 그것이다. 우리는 어떤 힘을 행사할 때 연결보다는 단면에 주시하는 것 같다. 우리의 믿음과 설화는 좀 더 넓은 세계로 연결되고 나아갈 필요가 있다.

우리는 힘을 설계하면서 '실력'에 관해 질문과 평가들을 쏟아냈고 공유했다. 우리는 실력을 국가권력에 대한 저항과 행위의 강도에서 찾는다. 하지만 실력이란, 우리가 아직도 해명하거나 설계도에 반영하고 있지 못하는 그 이상의 무엇이라고 본다. 우리는 우리 안에서만 신뢰와 공감대를 두텁게 쌓고 있을 뿐, 더 이상 확산시키는 데 어려움을 느끼고 있다.

우리는 여전히 국가권력에 대한 분노와 저항의 열정을 쏟아냈다.

가두시위라는 해방감과 존재감을 드러내는 데 주저하지 않았고, 공감내와 믿음을 구축했다. 그럼에도 우리에게 질문이 없는 것은 아니다. 협력과 평화와 소통이라는 물결에 대한 보편성이 그것이다. 국가권력의 작동방식과 개입이 다르고, 우리가 공감시켜내야 할 것들이 다른 관점에서 제기되고 있다.

우리는 한국사회가 중앙과 지역의 편차에 어려움이 있다는 것을 새삼 확인한다. 코오롱, 쌍용차, 하이닉스, 하이스코, KEC 등 그동안 많은 지역의 문제들이 쉽사리 풀리지 않아왔다는 점이다. 중앙에 집중된 한국적 시스템이 지방에서는 뭔가 '공백'을 낳고 있다는 반증이다. 권력 탄생의 열쇠가 수도권의 여론에 쥐어져있음은 주지의 사실이기도 하다.

지역 대응의 연결 부재와 물리적, 정치적 한계들이 도사리고 있음이다. 지방의 토호들과 시스템에 대한 이해가 더 필요한 대목이다. 이제 지방도 전국과 점점 연결되고 있음을 눈여겨본다. 인터넷망과 교통의 속도는 더욱 교류와 연결을 강화할 것이다. 지방의 문제들도 서울처럼 우리의 망에 들어올 날이 멀지 않았다.

오늘의 족적은 설화를 바탕으로 한 우리의 믿음과 의식의 실행이다. 깃발을 들고 선두에서 대면하는 긴장이 오늘처럼 남달랐던 적은 없었다. 연행과 진압에 따르는 이후의 수순들이 우리의 믿음과 투지로 더욱 연결되고 있음이다. 물론 한편으로는 더 확장시키지 못하는 공감전과 능력의 한계들이 불안정의 경계에 서 있기도 하다.

오체투지, 소통과 성찰의 길목

용산참사 때 한국에서 최초로 전국을 순례하며 시도된 오체투지 순례단의 '오체투지'가 잔잔한 감동과 메시지를 던져줬다. 서울에 입성한 오체투지 순례행위가 상대적으로 '비폭력 저항' 방식으로 대두되었다. 그만큼 오체투지에 대한 관심은 높았다.

오체투지 행위는 기존의 운동적 저항방식이라기보다 차라리 종교적인 수도나 수행, 고행에 가깝게 보인다. 삼보일배 동작과 다소 비슷해 보이지만 이마는 물론 온몸을 땅바닥에 붙이고 일어나는 신체동작이 반복되는 특징을 보인다.

그렇다고 오체투지가 단순히 수행이나 고행의 반복행위로만 간주할 수 없는 것은 '사람 생명 평화의 길'을 찾아 나선, 전국민의 소통을 향한 순례라는 점 때문이다. 특히 한국사회가 격동적이고 압축적인 성장을 해왔다는 점에서 소통을 향한 외침은 시대적 흐름에 닿아 있기도 하다.

다만 당장 먹고 살 일이 급하고 시급히 해결해야 할 일이 유독 많은 한국 사회라는 점, 또 많은 사람들이 함께 하기가 힘들고 어려운 동작으로 단순해 보인다는 점 때문에 다소 생경하고 낯선 이 행위가 국민들에게 어떻게 비쳐질지는 좀 더 두고 볼 일이다.

우선 오체투지는 가장 낮은 동작을 취한다. 이는 자신을 가장 낮추고 상대를 높이는 행위이기도 하다. '가장 보잘것없는 인간'으로 성찰이 가능해진다는 이야기다. 임성규 민주노총 위원장은 오체투지 체험 직후 "이마를 땅바닥에 붙이는 순간 '내가 별 것 아니구나' 하는 생각이 들었다"고 말했다.

한국사회가 갈등과 대립으로 치닫는 최근의 모습에서 감동을 주는 소통방식으로 요구한다는 점에서 일맥상통하고 있는 이야기다. 갈등구조를 성찰로부터 되돌아보고 이성이 아닌 감성에 호소하는 방식으로의 전환이 필요한 시대로 점점 흐르고 있는 시대적 맥락과도 닿아 있다.

또 오체투지는 개발과 성장지상주의에 대한 성찰을 요구한다. 순례단은 용산참사 현장에서 오체투지로 108배를 거행했다. 11초(3초 구부리고, 5초 땅바닥에 붙인 채 참배하고, 3초 일어서기) 간격으로 20분 동안 거행했다. 철거민의 영혼과 소통하기 위해 자신의 몸을 내던지고 있는 셈이다.

개발의 상징인 발바닥(다리)의 이동이 아닌 몸의 전면적인 접촉과 소통에 의한 것도 비슷한 맥락이다. 손발이 따로 놀아야 하는 개발의 논리가 아니라 온몸이 하나 되는 동작의 완결성, 소통의 완결성을 향한 소리 없는 외침이기 때문이다.

논리나 이성이 따로 필요치 않은, 자기 자신으로부터 질문을 던지고 답변을 구하는 고행이자 속죄 양식인 셈이다. 대립물에 대항

하고 저항하는 즉자적 방식이 아닌 온몸을 자연에 내던지는 무차별한 행위이자 누군가에게 즉각적인 반응을 구하기 위해 '얄팍한 술수'를 쓰지 않겠다는 다짐이기도 하다.

특히 오체투지는 소박하면서 가장 강렬한 '날 것'과의 만남이다. 생긴 그대로 땅바닥의 존재 자체와 만나는 방식이기 때문이다. 꾸미지 않은 그대로의 것, 땅과 사람이 하나 되는 동작, 말이 필요 없는 소박하면서 거대한 퍼포먼스인 셈이다.

사실 인간은 직립하면서 만물의 영장이 되었다. 그런 점에서 오체투지는 관점을 뒤집는다. 무릎과 팔과 머리까지 땅에 붙이고서 활동할 수 있는 인간은 없기 때문이다. 문명을 일으킨 인간의 팔과 다리, 머리(이마)를 땅에 접지해서는 물리적으로 사물을 볼 수도 없다. 따라서 오체투지는 물리가 아닌 사유로 행위를 투영하는 방식이다.

오체투지가 3차원적 '공간'에서 2차원적 '평면'을 지향하는 것도 발상전환의 특징이다. 오체투지의 동작은 삼보일배의 웅크림(공간형)과 달라 완전히 땅바닥에 붙이는 평면적 방식을 취한다. 이는 입체적인 어떤 고정된 틀을 거부한다는 의미가 깔려 있다.

오체투지는 대안사회를 향한 '담론'의 성격을 띤다. 자동차가 끊임없이 지나가는 도로(아스팔트)가 대비되듯 속도문명사회에 경고하는 '슬로우 패턴'의 자발적 저항이자 운동이기 때문이다. 인간사회의 동적 측면을 성찰하는 것은 자본(욕망)의 무궤도성에 대한 비판을 의미한다.

가장 대자연적이고 종교적인 수행으로써의 오체투지가 한국사회로 진입하는 순간 격동적인 문명사회와 조우하게 되는 것은 이러한 이유에서다. 특히 양극화의 극단과 갈등의 지표로 충분히 삼을 만한 서울이라는 도시로의 입성은 더욱 의미가 크다.

또 오체투지는 오감이 아닌 온몸으로 체득하는 방식이다. 이마(머리)를 땅바닥에 붙이는 순간 온몸으로 자동차의 바퀴울림과 경제으로 내몰린 직장인들의 바쁜 발걸음과 조우하게 된다. 일상의 상징인 전철궤도의 울림과 맨홀 뚜껑 아래서 펼쳐지고 있는 개발의 소리와 마주치기 때문이다.

오히려 휴식이 부자유스럽고 부자연스러워 보이는 이들. 공간과 입체라는 현실에서 부딪히는 욕망들에 대한 고뇌와 갈등이 항상 머리와 행동을 제한한다는 경험적 사실을 알기 때문이다. 동작과 사유의 순간적이고 빈번한 교차는 오체투지의 독자적인 방식에 기인한다.

'오체투지'는 이제 희망을 전해주고 있다. 이보다 더 절절하고, 깊이 있고, 완성도 높은 '동작'을 보지 못했다. 온몸을 자연(비, 바람 등)에 맡기고 흠뻑 젖은 몸이 시원한 듯 웃음을 짓는 순례단의 인내와 자신감. 인간의 신체가 만들어내는 가장 아름다운 울림이 새로운 길을 내고 있는 것이다.

신체의 면적을 땅바닥에 붙이고 사람의 키로 도로의 길이를 재듯 반복되는 동작이 순례를 만든다. 도로(땅)위에 새겨진 신체 전면의 각인들과 발자국의 자취가 아닌 온몸의 궤적을 남기는 이들. 시계와 시간, 약속과 보증이 필요치 않는 이들이 있기에 세상은 조용하게 요동칠 수 있다.

10초 간 땅바닥 접지정지, 20분간 오체투지, 5분간 휴식으로 하루에 4km씩 전진하는 3열 종대 편성의 '몸집이동'이 잔잔한 장관을 연출하는 이유다. 취재진의 발걸음이 오히려 이들의 행위에 방해가 되지 않을까 일말의 조바심까지 들 정도다.

삼보일배와 오체투지의 차이점

삼보일배	오체투지
공간적(구부림, 웅크림)	평면적(폄)
무릎과 팔(몸의 부분)	무릎, 팔, 이마(몸의 전체)
전술적, 소프트웨어적, 지엽적	전략적, 하드웨어적, 근본적
작고 소박한 소망	대자연과 세상에 대한 성찰
소망이나 희망	소통(나와 타자와의 조화)
기도, 이벤트, 단순행위	길(순례), 퍼포먼스, 주목행위
정착(정지)	흐름
사물에 대한 '접근' 방식	사물과의 '접촉과 이해' 방식
간접적 방식	직접적 방식
개인적	관계적
문제적(질문)	대안적(답변)
에너지 소모가 적다	에너지 소모가 크다
누군가로부터의 열림	나로부터의 열림
문제의 해결점은 '너'	문제의 해결점은 '나'
자본의 '속성'에 대한 이해	자본의 '본성'에 대한 이해
경제학(부문학)	철학(종합학)

이제 사회는 어쩌면 발자국(자취)이 아니라 신체 전면으로부터의 소통을 원하고 있음이다. 손짓, 발짓, 언어, 오감이라는 부분이 아닌 신체 전면을 바닥에 접촉시키는 수행과 실천이 소통을 완성해낼 수 있다는 아래로부터의 믿음이 그것이다.

문명사회를 위해 무수히 찍어온 인간의 발자국. "'바닥'을 쳤다"며 정상을 향해 던지는 시선들. 솟구치는 빌딩들과 어디론가 오르고 싶은 욕구들. 평면이 아닌 공간으로 나아가고 싶은 욕망들에 대해 인간의 몸뚱어리는 질문한다. 손이나 발, 다리가 아닌 온몸으로 인간이 디딘 흔적들을 다시 새롭게 더듬는다.

이동을 신체의 면적으로 하는 사람들. 그 만큼의 신체의 크기에 비례한 솔직함이 뒤따른다. 신체의 면적이 세계의 사유의 크기라 부르짖는, 신체의 면적을 바닥에 붙이는 순간 희열을 맛보는, 3차원의 세계가 아닌 2차원(평면)으로 성찰하는 사람들이 있다. 평면과의 소통을 통해 입체적 세계를 그리고 있는 이들이 있기에 전복하는 자신을 꿈꿀 수 있다.

10초간 땅바닥과의 조우, 연속되는 공간과의 단절과 다른 세계에 대한 진입은 다름 아닌 소통을 완성하는 사회를 의미한다. 자본주의 공간과의 단절을 의미하는 대안의 평면적 소통사회이기도 하다. 소통과 성찰에 호소하는 '접지인간', 전환과 변화에 능동적인 '접지인간'의 땀방울은 새로운 방식으로 이행하는 대지를 적셔줄 것인가.

'시끌·텁텁·총총' 총국수련회

2010년 민주노총 사무총국 수련회가 무사히 끝났다. 뭔가 '시끌텁텁'한 기분이라고 해야 할까. 아무튼 일도 좋지만 적어도 '저 사람이 왜 저럴까?', '저 사람에게 저런 모습이?' 하는 궁금증이 풀리는 자리는 되지 않았나싶다.

사실 수련회라는 것은 조직과 개인이 서로를 수렴하는 자리이다. 일상체계 속에서 일을 하다 보면 조직적 업무가 우선일 때가 많기 때문이다. 조직이 몰랐던 개인, 개인이 간과했던 조직의 팀워크를 맞춰보는 계기이기도 하다.

사실 민주노총 총국에도 '불안'이라는 코드가 관통되고 있다. 7월말 인사 문제로 술렁인 것도 이의 반영이다. 누구는 앞날을 걱정하고, 누구는 본전을 생각해보지만 노동운동에 많은 시간을 투자해온 활동가로서 향후 미래의 불안을 피해갈 수 없는 것은 야박하지만 어쩔 수 없는 모양이다.

노조전임자 문제가 터진 것도 어쩌면 이런 시대적 흐름이 본질이 아닐까싶다. 평생직종이라고도 했을 만큼 노동운동(활동)가라는 '묘한' 직업군을 형성해온 민주노총(노동조합 조직)이 앞으로 조직설계를 잘 해야 하는 이유는 여기에 있을 것이다. 상반기 평가와 2년

반 기조, 하반기 사업계획이 제대로 논의가 되었는지 한편으론 아쉬움이 들기도 한다.

노동조합이라는 조직의 정체성을 총체적으로 재평가해볼 때가 되었다는 이야기다. 이익단체도, 영리단체도, 봉사단체도 아닌 노동조합에도 경쟁과 효율, 성과주의는 예외가 아니게 되었다. 그럼에도 수평적(동지적) 관계를 강조하는 경향도 강하다. '계급장을 뗄 것'을 요구할 만큼 수평적 관계가 강조되고 있는 가맹조직도 있다.

노동조합을 둘러싼 여러 요소들—정치적, 갈등적, 투쟁적, 사회적 활동의 계기들—은 물론 여전히 중요한 범주다. 때로는 조직이 수단으로서 필요할 때도 있다. 선거에서 희망하는 이를 선택하기 위한 힘의 원천이 될 수도 있고, 뭔가를 쟁취하기 위해 힘을 쏟아야 할 때도 있다. 또 경우에 따라서는 조직에서 원하는 구성원이 되기 위해 치열한 정치력을 발휘해야 하는 때도 있다.

그럼에도 여전히 우리에게 던지는 물음은 조직과 개인을 둘러싼 정체성과 전망이다. 한 시대를 풍미하면서 치열했던 정파적 함의도 이제는 담론에 의존—치열한 논리적 전개나 옹호—하는 측면보다는 관계적 차원—개인으로 쪼개지는 운동의 불안정성을 일단 극복하기 위한 대안—에서 운동의 필요성을 담보하고 있는 분위기다. 이제는 개별 존재로 쪼개지고 개인의 활동—개인기—에 의존하는 시대로 변모하고 있는 양상이다.

사실 조직의 구성 원리는 수직적 구조와 수평적 구조의 분할에 있다고 본다. 지구상에 있는 수많은 조직들은 저마다 이러한 고민에 빠져 대안을 찾고 있다. 우리가 관성적으로 '동지'라고 호칭을 부를 때 문득 드는 불편함도 이런 맥락이 아닐까 한다.

우리가 조직을 통해 얻고자 하는 것이 무엇일까. 왜 내가 이곳에 있는 것일까. 이곳을 떠난다면 대안은 무엇인가. 내가 이곳에 투자해 온 결과와 성과는 지금의 나를 만족시키는 것인가. 우리는 무엇 때문에 힘들어하고 불안해하는가. 힘들어하는 것이 자신의 문제인가, 아니면 구조적인 문제인가. 이에 대한 답을 조직으로부터 찾을 수 없다면 황망한 일이다.

조직의 존망은 차치하고라도 이제 조직은 운동의 수단이 아닌 목적이 되어야 한다고 본다. 민주노총 조직이 개인의 문제로 곤욕을 치르고, 기조가 갈리는 것도 과거 조직논리에 비추면 상상도 못할 일이다. 조직이 이제 개인의 범위를 여러 척도로 넓히는 운동의 공간이자 삶의 과정이 되어야 하는 이유다.

정동의 환경이 은근히 마음의 여유를 갖게 하고, 시민들의 일상이 그대로 자신의 오감에 투영되는 것도 조직의 구성원으로서 누리는 것들이다. 성과보다는 과정을, 경쟁보다는 협동을, 효율보다는 노력을 중요시하는 가치가 운동(삶)의 본질적인 키워드가 될 것이다. 세상은 분화되고 있고 분화는 운동하고 있다. 조직과 개인이 어디에 와있는지 이번 수련회를 통해 다시 생각해본다.

명절과 민주노총

중앙위원회가 끝났다. 무난했지만 밋밋한 느낌이다. 뭔가 불붙는 쟁점도 별로 없다. 당연히 치열한 추적도 없다. 중집(중앙집행위원회)과 대대(대의원대회)의 중간적 성격 때문일까. 그리고 보면 중앙위는 대개 그렇게 끝난 것 같다. 중앙위의 성격이 애매한 것은 이 때문일 것이다. 말 그대로 어디에도 치우치지 않는 '중앙'의 역할만 한 셈이다.

바로 전날에는 조직담당자회의가 있었다. 오히려 이 회의가 치열했다. 조직 전망에 대한 질타가 오갔다. 전술과 전략이 판에 그려졌다. 경험과 경험 외적인 우려가 교차되었다. 조직에 대한 애정이 중앙위보다 더 묻어 있는 셈이다. 조직의 구도가 오히려 이들의 열정을 가로막는 느낌마저 들었다.

토론은 이성의 시장이다. 그런데 위기가 찾아왔다고 한다. 체계적인 회의가 가동되었지만 위기다. 그렇다면 이성이 잘못되었다는 이야기인가. 회의 후 뒤풀이를 해보면 재미있다. 1차, 2차 담화를 쏟아낸다. 뒤풀이 차수를 더할수록 이성보다는 감성을 풀어낸다. 이성에서 감성으로, 피라미드식이다. 이성의 영역이 감성으로 구축되어 있음을 엿볼 수 있다. 문화, 가치관, 태도, 습관 등이 그러하다.

그동안 우리는 이성이 많이 충돌했다. 탁자가 날아가고, 소화기 호스가 춤추고, 지도부가 수평 해체된 적이 부지기수였다. 지금의 상황은 또 다른 것 같다. '열심히 하지만 치열함이 없다'는 지적이 나오는 이유다. 수많은 토론들, 회의 자료들, 조직문서들이 축적되었지만 뭔가 빠져 있다는 이야기다.

수많은 문건을 쏟아낸 시절이 있었다. 무성한 담론이 오가던 시절이다. 밤새워 만든 문건으로 소통했다. 전망도, 분노도, 오기도, 슬픔도, 오해까지도 문건으로 작성되어 오갔다. 공식과 비공식이 따로 없었다. 하지만 이제 우리의 생각은 말로 전파된다. 공중으로 흩어진 채 축적은 없다. 비약도 없다. 이성이 갇혀있는 셈이다.

이제 추석이다. 어린 시절 이성이 싹트기 전 추석은 너무 넉넉했고 포근했다. 이성이 뿌리내리면서 삶은 딱딱해졌고 복잡해졌다. 뭔가에 갇혀 있게 됨을 안 것도 어찌 보면 이성 덕분이다. 추석은 그 자체로 뒤풀이 같은 것이다. 이성적 공간이 뿌리내리기 이전의 원초적인 뒤풀이다. 추석이 그리운 것은 또 다른 이성으로의 욕구가 아닐까.

세상은 원리대로만 돌아가지 않는다. 우리의 원리가 무디어지고 있는 이유다. 감성과 품성을 안을 수 있는 새로운 이성적 사고와 행위가 요구되는 이 시대에 감성 같은 이성이 가능할까. 구체적인 이성과 추상적인 감성이 필요하다고나 할까. 추상이란 상징과 메타포다.

원천적으로 감성이 풍부한 가족과의 뒤풀이 추석. 이성이 개입하면 오히려 불편해지는 자리이기도 하다. 올 추석에는 촘촘한 이성적 감성 그물을 한 번 짜봐야 할 것 같다. 더도 덜도 말고 한가위만 같아라.

파업에 대한 고찰

우리는 딜레마에 빠져 있다. 10만 조직화가 불가능한데 가능하다고, 그렇게 해야 한다고, 그렇게 하는 것이 최선이라고 최면을 걸고 있다. 또 밀어 붙이고 있다. 모이지 않는 조직원들에게, 모일 필요를 다르게 느끼는 조합원들에게, 집행부의 뜻대로 모이기만 하면 모이지 않는 문제점이 해결된다고, 모일 필요성을 알게 된다고 주문을 걸고 있다.

이것이 10만 조직화 논리의 타당성에 관심을 두고 싶지 않은 이유다. 이미 불가능한 목표일뿐 아니라 설령 실현가능하다고 하더라도 결코 내세운 목적을 달성할 것으로 보이지 않기 때문이다. 그렇다면 논리적 소모일 따름이다. 실제로 많은 토론들이 진행되지만 별다른 진전은 보이지 않고 그저 한 번 해보자는 식으로 결론을 맺고 있다.

먼저 목표 수치의 실현 가능성 문제가 있다. 역대 전통으로 봐서 현실적으로 조직 가능한 숫자는 2만 명 수준으로 보인다(역대 현황표 참조). 10만 명은 가장 많이 모였던 2004년 6만 명의 두 배에 가까운 목표치다. 이는 온갖 조직 기술을 총망라하고 올인해 놓고 봐야 하는데 사실 불가능한 일이다.

이념(가치관), 조직문화, 프로그램적 요소(페스티벌과 같은 마인드의 변화와 총체적 기술), 이를 뒷받침해줄 재정, 정부와 보수권의 태도 등 사회제도적인 환경, 개인주의와 다양성 등의 변수들이 총괄적인 모임의 조건으로 뒷받침되어야 하는 문제이기 때문이다. 과연 민주노총 조직이 그렇게 할 수 있을까.

둘째로 수단과 방법을 동원해서 10만 조직화가 실현되었다 하더라도 내세운 목적을 달성할 수 있을 것이냐 하는 것이다. 일례로 자신감은 이제 외형적·계량적 형태로 확보되지 않는다. 이미 많은 경험을 하지 않았던가. 시대가 바뀌었다. 이제 자신감은 조직원의 마음을 움직이게 하는 설렘이나 기대, 감동과 같은 디테일한 것에서부터 생긴다고 본다. 이전에 보지 못했던 새로운 요소들을 발견하고 느끼면서 생기는 것이다.

셋째로 긍정적인 면보다 부정적인 영향을 줄 수 있다는 점이다. 불가능한 사업에 재정과 인력 등 역량을 소모시킬 가능성이 높다. 성원들에게 적어도 불필요한 스트레스를 줄 수 있고, 수만 명이 모인 거대한 집회를 운영하고 소화하는 데 따른 후유증(소외, 피로, 문제해결에 대한 전망 부재 등)도 유발할 수 있다.

모이지 않는 것은 모임에 대한 필요성을 다르게 느끼고 있거나 다른 방식으로 이해하고 있기 때문이다. 의식적인 것일 수도 잇고, 시대적인 것일 수도 있고, 우연적이고 산발적인 것일 수도 있다. 우리가 알지 못하는 또 다른 어떤 것일 수도 있다. 모이지 않는 것이 우리의 부덕의 소치나 혁신의 부재 또는 문제가 있어서라고 비하할 필요도 없다.

모이지 않는 것은 그들의 선택일 뿐이다. 어떤 합의와 약속의 문제는 이제 필수가 아닌 선택일 뿐이라는 이야기다. 2만 명을 조직하든 10만 명을 조직하든 조직화할 때 얻는 기술(기법)들을 익히게 되는 것은 중요한 일이지만, 더 많이 조직할수록 더 많은 기술을 획득하는 것은 아니다. 오히려 적은 인원으로 최대의 조직기술이 적용되려면 적절한 목표가 설정되어야 하고, 적절한 재정이 투입되어야 한다.

우리는 마치 불가능한 10만 명을 조직할 때 최상의 조직적 효과(성과)를 낼 수 있다고 말하고 있다. 10만 명을 목표에 두고 3만 명이 되는 결과가 3만 명을 목표로 해서 2만 명이 모이는 것보다 더 나은 성과를 획득했다고 보는 것은 참으로 단순비교적인 아이러니다. 2만 명과 3만 명의 차이를 그렇게 확고하게 별다른 성과로 볼 수 있단 말인가.

한양대의료원 협상이 3일간의 파업 끝에 타결되었다. 대병원, 의료서비스라는 영역의 비중과 압박이 있었겠지만 파업에 임하는 조합원들의 양식은 많이 변하고 있다. 예전의 엄숙하고 질서 있고 긴장감 있는 모습이 아니라 자유발랄한 끼를 발산하는 모습으로 변해가고 있다. 분임토의 때 잡담이 주로 오가고, 심지어 누워서 이야기하는 조합원들까지 있지만 분위기는 화기애애하다.

재미있는 사실은 잡담을 그렇게 해도 분임토의의 목적을 위해 필요한 것만 정리한다는 것이다. 자리에 없었다가도 노조행사 시작과 함께 모여든다는 것이다. 이는 필요한 일, 해야 할 일만 선택을 한다는 반증이다. 파업을 하기 싫은 것도, 안 하는 것도 아닌 산만과 집중, 흐름과 정체가 부단히 일어나는 파업의 변화된 모습이다.

우리가 '현장 속으로'를 외치는 것은 단순히 현장과 함께 한다는 의미로 한정하고 해석해서는 곤란하다. 세대와 정서를 초월하는 젊은 조합원들의 정서와 코드를 읽고, 그들이 대화하는 방식을 관찰하며, 그들이 파업에 임하는 태도와 문화를 이해하기 위한 부단한 노력이 필요하다. 하지만 아쉽게도 파업은 그들만의 몫이었고, 행동이었다.

우리는 파업현장, 변화하고 있는 그들의 모습을 그저 '파업'이라는 하나의 고정된 장르로 여기고 있는 건 아닌지 모르겠다. 의당 파업을 하고, 교섭을 하고, 타결을 짓고, 합의를 하는 그런 전술로의 파업 말이다. 하지만 이제 그것으로는 부족한 것 아닐까. 거시적인 흐름 속에 그들을 집어넣고 이를 채우기 위한 방편으로 문화와 정서와 코드를 파묻는 방식으로는 이제 한계에 와 있음이다.

이제는 좀 더 솔직해질 필요가 있지 않을까. 할 수 있는 것과 할 수 없는 것을 구분하는 일이 그렇다. 우리는 어떤 일을 기획하면서 한계를 포함해서 상정하고 있는가. '같은 값이면 2만 명보다 10만 명이 되면 좋지'라는 단순한 긍정을 이제는 접어야 할 것 같다. 이와 같은 일련의 상황에 모두가 동의하고 있지 않은가.

희망버스는 이제 시작이다

교통수단의 3대 요소 전동차, 버스, 승용차 중 버스는 물리적, 문화심리적 중간지대를 형성한다. 중간지대란 단순히 중간적인 위치의 문제가 아니라 인류 문명이 진전해온 축적의 결과물로써의 의미다. 인간의 문명은 이동의 문제가 늘 화두였다. 이동을 안전하고 빠르게 하는 것이 문명의 주요 열쇠였다. 인간의 교류와 소통의 문제는 이동하는 것, 즉 이동의 전후를 둘러싼 생활상의 욕구해결을 위한 연결문제였다.

우리는 통근버스를 기억한다. 가장 정확하고 안전한, 시간의 관리가 가능했던 통근버스. 집단에서 개인으로 넘어가는 정체성의 변화 역사에서 주어진 일상의 변수를 가장 적게 의지할 수 있었던 것이 통근버스였다. 통근버스에 일단 몸을 실으면 하루는 담보된 일상으로 넘어갔다. 녹초가 된 몸을 이끌고 위로가 된 것도 통근버스였다. 근대화, 산업화라는 사이클을 형성하는 데는 통근버스가 톡톡한 역할을 했다. 학교 등교 시내버스도 기억한다. 콩나물시루와 안내양이 있었던 버스. 이 역시 산업화와 근대화의 풍경이고 추억이었다.

개인주의와 정체성의 흐름은 승용차를 낳았다. 어느 샌가 우리는 승용차라는 정체성과 마주했다. 누구나 운전면허를 취득했고, 출퇴근과 여행, 업무의 연결은 대부분 승용차가 담당했다. 주차문제, 연료문제, 환경문제는 승용차라는 정체성의 경로가 빚은 이슈였다. 직장, 노동조합도 승용차가 대두되면서 많은 변화를 겪었다. 일상의 약속과 유대관계는 승용차의 운행과 연결되기 시작했다. 인간관계의 대표적 매개양식인 음주문화도 승용차가 제한시킨 요인이었다.

이는 인간의 자유와 정체성에 대한 물음이었지만 한국사회의 집단적인 유대관계가 새롭게 마주한 거대한 흐름이기도 했다. 대량수송과 도시화는 전동차의 발달을 촉진했다. 전동차는 대중 그 자체였다. 정체성의 목격과 경험이 공유되는 매스 그 자체였다. 수많은 정체성들이 각각의 가치로 충돌하는 문명의 집단 경유처였다.

버스는 이 중간의 영역에서 정체성의 혼란을 빚으며 흥망성쇠를 거듭했다. 교통 체증이 증가하면서 노선 존폐 논란을 겪다가 버스전용차로가 생기면서 버스의 수단적 가치는 급상승했다. 버스기사들의 임금과 근로조건도 개선되기에 이르렀다. 마을버스는 도시화, 특히 아파트촌이 밀집하면서 그 이동적 공간을 대신하는 주요수단으로 자리매김했다.

버스는 무엇보다 인간의 생활에 미묘한 심리적인 영향을 끼친다. 버스는 이동하기 위한 수단이지만, 추억과 풍경, 시선이 부여하는 가장 인간적이고 유대적인 교통수단이다. 승용차는 개인주의의 출몰과 정체성의 확대로 빚어진 자유와 부의 상징이었다. 반면 전동차는 국가의 공공적 관리가 기반이 된 정책의 주요 운송수단이었다.

인간은 도시화가 촉진되고, 자연과 분리된 문명이 진전될수록 자연에 대한 근원적인 질문을 하게 된다. 바로 디지털에 대한 아날로그적 충돌과 그 문제의식이다. 버스는 교통수단 중 아날로그가 가장 살아 숨 쉬는 대표주자다. 여행과 낭만이 있고, 추억과 그리움이 있다. 버스에는 흔들림이 있고 시선과 풍경이 있다. 지하로 돌아다니는 전동차, 속력과 제어에 주력하는 승용차에 비해 버스는 흥과 여유가 있는 문화의 쉼이 공존한다.

한때 자자의 〈버스 안에서〉란 노래로 열광했고 로맨스의 자리를 버스가 대신했다. 베이비붐 기성세대가 사춘기시절 이성을 눈뜨게 한 곳도 버스였다. 여전히 버스는 드라마에서 멜로를 연결하는 의미 있는 공간으로 자리 잡고 있다. 한국 주부들과 여성들이 나들이에 새로운 문화적 감흥을 쏟아내게 한 것도 다름 아닌 버스였다.

버스는 집단과 개인이 마주하는 소통의 공유지대다. 전동차는 집단과 개인이 충돌하는 곳이고, 승용차는 집단과 개인이 분리되는 곳이다. 전철 안에는 함께 부대끼며 살아가는 집단적 정서를 부여하지만, 이를 탈피하려는 개인의 문화적 시도가 함께 부단히 일어나는 곳이다. 함께 느끼면서 한편으로는 이로부터 달아나고 싶은 충동이 함께 공존하는 곳이다. 너도나도 이어폰으로 귀를 막고, 스마트폰으로 눈과 손가락을 고정한 채 자유를 향한, 정체성을 찾는 노력은 계속된다. 그러면서 자신과 똑같이 행동하는 타인을 부단히 목격하는 체험장이 되고 있다.

승용차는 자신의 좌석을 확보한 곳이다. 자신의 영역이 보장된 가장 대표적인 장소가 승용차다. 소유와 정체성이 가장 확립된 교통수단인 셈이다. 한국사회는 거주목적지인 주택보다 승용차를 통해 대중적으로 소유를 먼저 확립했고 주장했다. 너도나도 차를 갖기 위한 소득경쟁과 대출전쟁이 시작되었다. 금융과 유통, 할부체계는 승용차가 이끌어낸 경제의 메리트였고, 아이템이었다. 캐피탈 경쟁과 체계가 확립되었고, 안전과 보장성이라는 보험체계를 공고하게 했다. 사적 소유와 정체성의 확립이라는 화두는 집단의 해체와 분산을 촉진하는 매개 경로로 작용했다.

버스는 고정되지 않은 시선을 향한 뇌의 유영이 있다. 풍경이 대표적이다. 풍경을 자신의 오감으로 제대로 받아들이는 것은 버스밖에 없다. 전동차도 승용차도 풍경은 담보된 객체에 불과하다. 풍경은 우리에게 많은 정보와 생각의 흐름을 낳게 한다. 문명이 달려온 경쟁과 피로는 전동차와 승용차가 해결해주지 못한다. 오히려 더 가속화시켜줄 뿐이다. 하지만 버스는 여행과 자유, 집단과 개인, 문명과 자연의 대교감 속에 위치한 인류의 종점으로 가는 교통수단으로 진화하고 있다.

최근 버스사업장 노사관계가 상당한 진통과 후유증을 겪고 있다. 한동안 보지 못했던 광경이다. 이제 버스는 한국사회의 틈바구니에서 교류와 소통의 매개수단으로써 인간의 욕구가 새로운 가능성에 무게를 두는 그 방향성에 대한 영역을 확인하고 있다. 버스는 이제 달리고 싶어한다. 피곤한 한국사회는 경쟁과 문명이 걸어온 속도와 욕망의 중심에서 여유와 낭만과 휴식이 보장되는 더 많은 정류장과 이를 경유하는 버스를 타고 싶어한다.

버스는 이제 승용차가 걸어온 길, 전동차에 내맡긴 자유와 의지를 다시 확인하고 싶어한다. 버스는 여전히 달리고 있고, 우리는 그저 그 버스에 탑승하고 싶을 뿐이다. 버스가 가는 길은 여전히 울퉁불퉁하고, 차선이 복잡하고, 정거장도 불충분하다. 그래도 우리는 내달리고 싶다. 소유와 욕망, 거친 집단의 부대낌을 뒤로 하고 흔들림과 시선이 있는, 새로운 풍경을 마주한 채 그저 어디론가 함께 여정에 동참하고 싶다. 희망버스는 이제 시동을 걸었을 뿐이다.

참여하는 데 의의가 있다

누군가 왜 사냐고 묻는다면 '참여하는 데 의의가 있다'고 말하고 싶다. 지금 무엇이 문제냐고 묻는다면 역시 '참여하는 데 문제가 있다'고, 당신의 행복이 어디에 있냐고 묻는다면 참여하는 것이라고, 반대로 불행할 때가 언제냐고 묻는다면 참여하지 못하기 때문이라고 말하고 싶다. 오늘 할 일이 무엇이냐고 묻는다면, 나는 한 번 더 참여하는 것이라고 말하고 싶다.

우리는 흔한 이야기로 '참여하는 데 의의가 있다'고 말한다. 하지만 이 문구가 의미를 되찾기까지에는 많은 시간이 걸렸다. 우리가 벌이는 많은 논란들의 중심에는 역설적이게도 결국 참여의 문제가 도사리고 있다. 참여를 통해 인간은 성장한다. 참여를 통해 너와 나를 구분한다. 문제해결의 계기가 참여이지만, 인간의 한계를 실감하는 과정도 참여다.

참여에는 자아실현이라는 개인의 장이, 별도가 아닌 함께 하고 있기에 의미가 크다. 참여는 각 개인들이 소중함을 느끼게 하고 평등을 체험하는 경험의 장이다. 진정한 자유는 참여로부터 자유로워지는 것이고, 비록 참여하지 못한다고 하더라도 그 인간적 한계를 공유하고 인정받는 데 있다. 참여에는 시간적, 공간적 제약이 따르기 때문이다.

최근 노동운동 진단의 하나로 '직장'이라는 개념이 언급되고 있다. 민주노총 사무처 성원들이 변혁가가 아닌 직장인이 되어간다는 지적이다. 참, 씁쓸한 역설이 아닐 수 없다. 사실 한국에서 노동운동가가 직장인으로 자리 잡게 된 것은 최근의 일이다. 직장은 안정된 참여의 장이다. 직장의 의미는 참여하는 데 의의가 있다는 것이다.

컴퓨터를 켜고, 기안을 하고, 공문을 작성하고, 잠시 의자에 기대 쪽잠을 들이키고, 업무시간에 잠시 엉뚱한 상상을 하더라도 이러한 일련의 행위들은 조직 활동에 참여해 들어가는 과정이기에 의미를 찾는다. 개인의 공간을 갖기 위해 인간은 역사라는 여정을 밟아왔다. 평수와 모델링에 차이는 있어도 결국 한 자리를 갖고자 하는 인간의 본성과 그 바탕에는 참여가 있다.

조직의 '동맥경화' 진단도 뒤집어보면 개인(자아)을 찾아가는 과정의 재편현상이다. 유한한 생명 때문에 진정 잘 살아보기 위한 인간의 본성이 자리 잡고 있음이다. 이는 참여를 통해 더욱 느끼고 공유되는 것이다. 각종 다양한 소통과 불안정한 곳으로 에너지가 이동하고 의식 전환이 이루어지는 것도 참여의 덕분이다. 불안정한 조건을 안정되게 함으로써 행복의 요소를 함께 만들어가는 과정이 참여다.

우리는 내년도 사업계획을 놓고 많은 우려와 진단을 쏟아냈다. 우리가 내놓는 어떤 계획이 부족한 것이 사실이고 뭔가 불충분하고 마음에 안 드는 것도 사실이다. 그렇다고 우리가 내놓는 계획이 누군가의 책임을 담보로 하고, 누군가의 힘으로 대체하려 하고, 누군가가 대신해줘야 풀리는 것으로 이해하는 방식으로 다가가려는 것은 아닐 것이다.

많은 부류의 우리의 의식들은 복잡한 관계의 산물이다. 산별연맹이 우리와 다른 것은 현장으로부터의 사고에 밀접히 연관되어 있다는 것이며, 우리는 좀 더 넓은 관계로의 지형에 우리의 의지를 투영하기 때문이다. 물론 우리는 진실로 그들이 위치한 공간에서 충분히 사고해야 하고, 그들이 갖는 공통적 관심사를 찾아내고, 그렇게 참여하는 방식으로 호소하고 요청하는 것 외에 달리 다른 길이 없어 보인다.

조합원들이 개인영역의 여정(성찰과 자아세계 실현)의 길로 들어섰다고 해서 그들이 조직(공동체로 향하는 여정)의 끈과 필요성, 의미들을 함께 저버린 것은 아니다. 우리는 새로운 관계를 여전히 모색 중이며 이미 그 관계는 새롭게 꿈틀대고 있기도 하다. 결코 어떠한 존재도 우리의 바깥에서 의미를 찾을 수 없으며 우리가 함께 참여함으로써, 그 참여를 호소하고 인내함으로써 달성되는 것이다.

우리는 목적하는 바를 누군가에게 강요할 수는 없으며 누군가를 우리가 목표로 하는 그들이 되게 요구할 수도 없다. 다만 그들이 그 자리에서 참여하는 관계의 의미들을 더욱 느끼게 하고, 연결해 주고 지원하는 것이 활동이자 참여의 내용이다. 책임을 함께 나누며 서로 다른 의식들과 그 여지들을 인정하고 맞춰가는, 또 참여하는 방식으로의 방법 밖에 별다른 길이 없음이다.

자기의 인생에 왜 타인의 삶이 중요한지, 타인의 삶에 왜 내가 연관되어 있는지를 부단히 느끼게 하고 참여하게 하는 과정이 운동이다. 우리는 한 구성원이 자신을 성찰해가는 경로를 인정해야 하고 보장해야 하며, 다소 그것이 집단의 경로와 차이를 보이고 시행착오를 겪을 것이 예상됨에도 더욱 넓은 범위의 품으로 안고 함께 가야 한다는 것이다.

우리가 하는 일련의 활동이란 타인의 에너지를 일시에 빌려 쓰고, 또 일시에 폐기하는 것이며, 어떤 계획에 동의를 구하며 참여를 호소하는 일이다. 그 에너지는 그 개인의 고유한 영역이며, 운동의 원천이며, 존재의 이유다. 자아실현은 그 에너지의 운용을 그 개인이 처분할 수 있는 권리의 행사와 관철을 뜻한다.

참여는 나눔이다. 참여는 역할을 배분하는 것이고, 어떤 일들을 함께 나누는 것이다. 참여가 없이는 그 나눔이 어느 한쪽으로 쏠리고 기울어지게 마련이다. 누군가가 고통, 아픔, 힘겨움을 감내해야 하는 것은 이 때문이다. 우리는 매사에 대해 가치를 재단한다. 21세기를 살아가는 우리는 모두가 삶의 재단사이고 용접사다. 성과를 갖고 싶어 하고, 경쟁에 앞서고자 하는 인간일지라도 그 본성에는 참여하는 데 의의가 있다.

우리는 역할분담을 통해 산별들의 관계를 구현할 수 있고, 그런 참여로의 기획을 충분히는 아니더라도 어느 정도 함께 할 것에 관심을 갖고 있으며, 그렇게 함으로써 참여의 폭을 넓히며 우리가 가는 여정이 더욱 풍부해지는 것이다. 우리는 운동을, 새로운 관계의 모색을 위해 참여하고 느끼는 것으로부터 다시 풍부하게 보완해야 할 것이다.

초심으로 돌아가자?

최근 '초심'으로 돌아가자는 주문이 많다. 처음이란 뭔가 출발점, 새로운 것, 희망을 간직한 것, 검증되지 않은 것, 포부 같은 것이다. 흔한 말로 작심삼일이라는 표현이 있다. 삼일을 넘기지 못하는 개인의 실천력이 일단 문제다. 하지만 그렇게 계획과 실천에는 괴리가 흔히 있다. 현실적 한계나 변수 같은 것도 많다. 그렇기 때문에 많은 사람들이 초지일관 생활하지 못하는 것이다. 이것이 대중들의 삶이다. 물론 몇 안 되는 개인은 초심을 이어갈지 모르겠다. 그것은 어디까지나 소수다.

생활의 다양성과 그로 인한 한계도 함께 놓여 있는 것이다. 자신만의 생각이나 관점에 대한 강요와 집착은 민주주의의 해악이다. 타인과의 관계에서 보는 초심이란 어떤 경우인가. 이것은 사랑했던 사람과 헤어지고 난 후 그 사람을 잊는 것처럼 처음에 가졌던 생각과 일이 진행되던 중에 계획이 바뀌거나 수정되는 필연적 과정으로의 초심을 의미한다.

처음에 가졌던 생각은 그 나름대로 그 조건 속에서 판단되고 결정된 것이지만, 이후에 벌어지는 과정은 그것대로 그 조건 속에서 판단되고 수정되고 평가되는 것이다. 그래서 초심으로 돌아가라는 이야기는 어쩌면 관념적일 수밖에 없다. 정신적인 재무장은 결국 지금의 제도와 조건과 변화된 상황에서 할 수밖에 없는 것이다. 그렇다면 왜 초심으로 가라는 걸까? 그것은 현재의 조건을 생략한 채 정신적인 측면만 강조한 것이거나, 지금 상황에서의 문제의 본질을 흐리는 측면도 있다.

초심에 대한 규정과 설득이 현실에 타당할 수 있으려면 적어도 지금의 상태가 그때와 같음을 증명해야 한다. 사물의 운동과정, 즉 역사는 인간이 규정하는 어떤 절대적인 기준에 의해 결정되지 않는다. 초심은 하나의 절대적인 가치로 여기게 해서 이에 맞춰진 기준에 현실을 부합시키고, 그에 따른 지금의 평가가 맞는 것처럼 보는 것은 또 다른 관념일 수 있다는 이야기다.

지금이 그때와 같다는 논리는 맞지 않을 가능성이 더 높다. 사회는 자연을 대하는 인간의 변화와 함께 병행한다. 자연을 인식하고 있는 인간의 심리적, 사회적인 영향과 그 과정을 함께 안고 병행 변화한다는 뜻이다. 인간 사회의 변증법적 원리는 바로 민주주의의 과정에 있는 것이다. 어떤 기준에 의해 이 사회가 규정되고 돌아가는 것이 아니라, 사회 주체들의 시대적이고 역사적인 조건 속에서 인정하고 합의한 상태에서의 한 지점을 말하는 것이다.

초심으로 돌아간다는 것은 사실상 현실적으로 맞지 않다. 다만 지금 상태에서 당시의 초심을 되돌아 볼 뿐이다. 단지 그것을 바탕으로 다시 새롭게 가지는, 현 제도와 환경으로부터의 지금 이 시간 갖고자 하는 새롭게 적용된 안목일 뿐이다.

과연 그때의 문제의식과 지금의 문제의식이 같을 수가 있을까? 예를 들어 그때의 나와 지금의 내가 같은 문제의식으로 앞으로의 세상을 올바로 살아나갈 수 있을까 하는 것이다. 변화된 것은 있는데 과거의 문제의식이 필요하다는 얘긴가. 그럼 그 변화와 지금의 나는 별개의 것인가. 아니면 어떤 과정을 거치고 있는 사물에 대한 판단 기준이 그 변화를 인정하지 않을 만큼 무시할 수 있는 기준이라도 새로 입증된 것이 있는가.

기본적으로 우리는 변화된 환경과 불가분의 것이 아니라는 것이다. 역사는 단순히 반복되지 않는다. 문제의식을 변화된 지금의 환경 속에서 찾지 않으면 결코 해결할 수 있는 것은 아무것도 없다.

지금의 시대는 과거의 어떤 일면적인 모습이나 그 속에서의 문제의식이 충분히 가능할 듯 보이나 엄연히 다른 사회요 변화된 지점들이다. 현재의 체제(역사의 변화)와 내가 한 몸인데 어떻게 문제의식이 40년, 아니 15년 전의 것과 같을 수 있을까. 어쩌면 과거로의 회귀나 향수 같은 것을 지금 와서 기준화하는 것은 아닐까. 예를 들어 운동에서 철학적 정당성이나 이념으로의 복귀, 아니면 민주노조운동 시절의 어떤 정신적인 측면 같은 것을 현실적이지 않게 부각하는 것은 아닐까.

지금의 문제의식은 새로운 것들이다. 예컨대 과거 운동시절 있었던 권위통제의식에 대한 도전과 항거나 자본가에 대한 일방적 투쟁 관념 같은 것일 수 없다는 이야기다. 우리가 새롭게 받아들여야 할 현대의 자본이라는 것과 네트워크와 다양화로, 고차원적으로 연관된 국민들의 삶은 불가분의 것이고 어떤 방법으로 효율적이고 합리적으로 사용할 지에 대한 사회적 준비를 하는 것이 필요한 문제임을 뜻한다.

사회적 계급과 계층의 형성이나 투쟁과 대화의 변화 양상도 또한 새로운 것들이다. 과거 폭력적 혁명이나 국가 전복 같은 방법은 지금 거론되거나 고려될 시대적 상황도 아니다. 그렇다고 전략적 방법으로 어떤 상을 그리고 거기에 맞출 수 있는 시대적 조류도 아니다. 그만큼 세계가 복잡하게 얽혀 있고 연관성을 가지며 변수가 많아졌음을 뜻한다. 그리고 대중의 주체적 인식 상황과 정보의 공유도 새삼 다르다.

이제 대중운동으로 가는 것과 그 과정에서 투명성을 요구받는 것은-투명성이라 해서 과거의 순수하고 일면적인 것으로가 아님-당연한 세계의 조류다. 세계적인 부의 집적과 그 흐름, 그리고 이 속에서 나타나는 전지구적 문제들에 대한 관심과 이에 대한 해결 등도 머지않아-지금 그렇게 가고 있지만-세계 대중의 판단과 집중에 의해 제기되고 해결되어 나갈 수 있을 것이다. 10년 동안 주체와 객체의 변화는 10년 전의 문제의식을 허락하는 것이 아닌 새로운 것이어야 한다.

우리가 살아가는 동안 과거에 있었던 향수를 떠올리는 경우가 많을 것이다. 예를 들어 현대 아이들의 변화된 모습 속에서는 집단적으로 놀던 시절의 때 묻지 않은 과거를 떠올릴 것이고, 요즘 청소년들의 입시 문제는 과거의 학력고사 시절 학교의 비중이 높았던 시절을 떠올릴 것이며, 요즘 젊은 남녀들의 쿨한 연애와 흔한 이별관계 속에서는 가을 낙엽 한 잎으로도 끈끈한 연정을 간직하던 당시를 회상할 것이다. 하지만 이 모든 과정이 변해버린 지금, 다시 그때를 떠올리는 것은 향수나 추억일 따름이지 지금 살아가고 있고, 가야할 현실에서의 삶의 방법들을 가져다주진 못한다.

그때의 문제의식을 떠올리는 것이―그래서 그 문제의식으로 현실을 헤쳐나갈 방법을 궁리하는 것이―결코 현실의 문제를 진단하는 데 도움이 되지 않는다는 것이다. 예를 들어 경제적인 문제의 범위라면 사회경제주체들의 경제적 해결을 위한 틀이나 제도적인 어떠한 형태를 갖추도록 노력하는 활동 같은 것, 혹은 개별화되어 가는-개성화 되어 가는- 사회의 흐름 속에서 집단-혹은 조직-적인 형태를 어떻게 결합해 갈 것인지 하는 물음들, 정신적인 문제를 어떻게 구체적이고 세분화된 제반 현상들로 되돌릴 것인지 하는 현대적인 질문들을 충분히 던지고 고민해보는 것이 더 실질적이라는 뜻이다.

정치에 관한 테제 1

딜레마다. 누구는 당원이 우선이라 하고, 누구는 국민이 우선이라 한다. 누구는 집권이 우선이라 하고, 누구는 과정이 우선이라 한다. 누구는 화합이 우선이라 하고, 누구는 결단이 우선이라 한다. 집착할수록 관계는 서로를 밀어낸다. 신념과 가치가 충돌하는 딜레마가 서로를 붙잡고 있다.

지금 새정치운동이 화두다. 새정치운동은 새로운 관계의 조합이다. 그동안 노동운동은 비교적 쉽게 정치권에 접근했다. 산업화, 민주화가 노동운동 발전의 과정이었고 토대였다. 노동운동은 그 자체가 정치다. 정치는 지지획득의 기술이다. 정치는 타자와의 소통체계다. 노동조합은 조합원과 교감했고, 정당설립의 토양을 제공했다. 여기까지였다.

이제 정당의 의미는 달리 부여된다. 정치는 새로운 관계의 장을 원한다. 지지의 공간과 시간이 달라졌다. 온라인과 오프라인을 망라한 선택의 대역이 바뀌었다. 정치의 대의는 새로운 대표성을 요구한다. 정치는 대의 체계를 구축하는 일이다. 한정된 물질적 기반으로 힘을 발휘하던 시대는 지나갔다.

시작이 반이다. 우리는 새로운 시대를 맞고 있다. 정치세력화가 실패한 것은 아니다. 우리는 최선을 다했지만 부족했다. 부족한 것은 힘이, 사람이 아니었다. 용기나 신념의 문제도 아니었다. 대세를 이해하고 적응하는 변신의 노력이 부족했다. 우리는 고독하다. 뼈저리게 돌아보고 있다. 타인들이 이토록 선명히 내 앞에 서 있던 적이 있었던가.

여전히 삶은 기회를 제공한다. 삶은 역설적이다. 노동운동이 강하기만 했다면 지금의 스탠스는 없다. 소통의 단절로 관계가 분실되고 있다. 이해의 방식은 달리 구해진다. 정치는 이제 새로운 질서를 원한다. 그 질서란 관계의 극복이다. 함께 하는 우리들도 서로를 이해하는 데 오랜 시간이 필요했다. 매사 인간성을 실현하는 일은 더욱 절실해졌다.

이제 포럼을 제안한다. 생활과 정치가 밀접한 시대다. 지금처럼 삶의 진정성이 시험대에 오른 적이 있었던가. 진보는 껍질을 깨면서 부화한다. 포럼은 이에 일조할 것이다. 오류는 경험을 낳는다. 포럼은 시행착오를 새롭게 극복할 것이다. 고독한 활동의 인식은 정치의 자산이다. 포럼은 나노시대에 맞는 연대 관계를 새롭게 구성할 것이다.

다시 한 번 낯선 손을 잡자. 다시 힘을 모으자. 구심은 원심과 분리될 수 없다. 어떤 것도 이탈할수록 정치는 더욱 요구된다. 좀 더 넓은 지평을 바라보자. 새정치운동은 이제 협소한 의미의 정치를 거부한다. 오해와 상처로 얼룩진 진정성을 서로 보듬자. 파행은 끝이 아니다. 새로운 질서의 시작이다. 포럼을 통해 더욱 성숙한 다짐과 행동을 보여주자.

정치에 관한 테제 2

　정말 우리가 부족한 것이 무엇이란 말인가? 우리는 참 많은 걸 누려왔다. 정작 노동자들이 여전히 소외되어 있고 외로운 존재들인가? 결코 그렇지 않다. 지금 수많은 사람들이 외로움에 진저리를 떨고 있다. 자신의 존재감에 대해 의문을 표시하고 있다. 많은 사람들이 삶의 의미를 잃어버리고 스스로 생을 마감한다. 수많은 젊은이들은 일할 곳이 없어 술과 춤으로 탕진한다. 어린 아이들은 어른들의 폭력 앞에 두려움을 떨고 있다. 문명의 도전 앞에 자연은 훼손되기 일쑤고, 노년이라는 설움 아래 방치된 삶이 부지기수다.

　우리는 때로 그리 멀지않은 어제의 일을 부러워하곤 한다. 없던 노동조합을 만들고, 사용자들과 대등한 시절의 활동을 떠올리는 일이다. 그리고 동료와 함께 어울렸던 무용담들을 떠올리는 일이다. 조합원의 경조사는 함께 나누었던 정이었고, 단체교섭은 단결과 참여의 의미를 심어주었다. 부러울 것 없어 보이는 사용자들과 한 테이블에 마주앉는 일은 벅찬 자리였고, 떳떳한 계급의 정치 그 자체였다.

　우리에겐 다른 이에겐 없는 숱한 경험들을 갖고 있다. 사람들의 이해관계가 왜 어려운지를, 갈등이 있을 때 어떻게 풀어가야 하는

지도 배웠다. 척박한 노동의 질곡을 참아내는 것은 기본이었다. 노동은 힘들었지만, 활동은 보람이었다. 시작은 작았지만, 과정은 위대했다. 그 모든 것은 가장 약한 사람들이 가장 강한 힘을 가졌던 사연들이고 여정이었다. 노동조합은 그렇게 우리에게 많은 역할을 부여했고, 인간적인 유대감을 만끽하게 했다.

우리는 정치적인 여정도 함께 했다. 수많은 정치일꾼들을 배출했다. 그리곤 결국 당을 건설하는 데 기여했다. 우리의 담론과 이해관계와 태도를 대변하는 정당이었다. 어느 누구도 쉽게 가질 수 없는 그런 정당이었다. 그렇게 많은 군소정당들이 나타났고 군소계급의 입장을 대변했지만 우리들처럼 주목받진 못했다. 우리는 언론을 몰고 다녔고, 소외된 약자의 든든한 한 자리를 대변하는 쉽지 않은 정치지형을 만들어냈다.

지금 100석이 넘는 국회의원을 배출한 민주당이 어려워하는 것이 무엇인가? 또 제1여당, 대통령을 배출한 새누리당이 부족한 것은 무엇인가? 결코 부러울 것 없는 그들에게, 사람들은 혐오하고 있지 않은가. 안철수 현상은 왜 일어났는가? 정작 그들에게 없는 것은 바로 인간적인 유대감을 실현하고, 자치적인 공동체를 경험하고 운용하는, 노동조합 같은 대중들의 정치적 자산과 실체가 아니겠는가.

우리는 생을 살아갈수록, 삶의 의미를 던질수록 '개인'과 '사회'라는 양 측면에서 곤란함을 겪는다. 두 마리 토끼를 다 잡을 수 있으면 좋으련만 실상은 그렇지가 못하다. 소외와 참여는 동전의 앞뒤와 같이 느껴지기도 한다. 한없는 개인의 자유는, 끝없는 사회참여 속에서 가능함을 엿본다. 모두가 법 없이도 살아갈 사람들이지만, 한편으로는 사회의 배려와 제도적 장치 없이는 곤란한 경우를 너무도 많이 목격하고 있다.

지금 노동조합이라고 분명히 말하지 않아도 좋다. 우리 모두가 노동계급이라고 당장 확인하지 않아도 좋다. 이제 우리에게 필요한 것은, 그런 표현이 필요하다면, '노동조합 같은 것'이라고 말해두려 한다. 건강한 삶을 자치적으로 실현하고, 사람들의 문제를 대의하는 일에 대해 중지를 모아나가고, 정치적 관계의 힘으로 발전해나가는 그런 '노동조합 같은 것'을 말하려 한다.

이 시대가 정말 필요한 것은 노동조합 같은 것이다. 공동체를 지향하고, 동료애를 나누고, 강한 자들과 대등하게 자존감을 세우는 일이 그것이다. 우리는 거대한 권력에 굴복하지 않았고, 사회의 밝은 빛을 향해 힘을 모으고 의지를 다져왔다. 어려울수록, 힘들수록 더 큰 집중력을 발휘했다. 심지어 가족의 지지가 훼손되는 일을 부담하면서까지 우리의 일들에 대해 가치를 매기고 수행했다. 그렇게 우린 열정의 주인공들이고, 그런 자존감은 누구도 쉽게 가질 수 없는 것들이다.

우리는 이제 노동정치연대포럼으로 우리의 꿈을 실현하고자 한다. 누구도 가보지 못한 '노동조합 같은 것'은 우리에게 너무나 가깝고 자연스런 일이 될 것이다. 연대와 협력의 기치 아래 서로에게 힘을 모으고 나누는 일을 작지만 크게 도모하고자 한다. 시작이 반이라고 했다. 발족은 곧 적족이다. 발의 크기는 작지만, 걸음의 크기는 크다. 한 걸음 한 걸음 우리의 걸음으로 부족한 세상의 다리가 될 것을 다짐한다.

정치에 관한 테제 3

참 오랜만이었다. 벅찬 감동이었다. 새로운 충전이었다. 대부분 아는 사람들이었지만 겸연쩍어했다. 늘 하는 이야기였지만 다른 느낌이었다. 매번 갖는 모임이었지만 남달랐다. 늘 듣는 노래였지만 귀를 의심했다. 누구는 이후 약속이 있었지만, 그 약속도 팽개쳤다. 항상 갖는 뒤풀이였지만 끝냄이 아쉬운 믿음의 자리였다.

'노동정치', 쉬우면서 어려운 용어다. '노동'과 '정치'가 융합된 실천과 인식은 비로소 시작되었다. 그동안 노동과 정치는 따로 놀았다. '정치세력화'를 부단히 외쳤지만, 우리는 그 의미를 제대로 몰랐다. 사실 정치는, 밖이 아닌 우리 안에 있었다. 우리는 '노동중심성'을 말하지만, 근현대를 거치면서 노동은 늘 역사의 중심에 있었다. 오히려 중심이 문제였다.

무엇이 중심인가? 우리는 노동을 중심에 고정시켜놓고 사물을 바라본다. 어쩌면 21세기에 우리는 여전히 '천동설'을 주장하고 있는 셈이다. 우리는 '중심'이라는 패러다임에 우리 스스로를 가두어놓았다. 정치적 균형감각을 잃어버리게 된 원인이다. 정치세력화의 운명도 그러했다. 이제 우리에겐 유연한 사고가 필요하다. 지구적인, 우주적인 관점이 필요한 이유다.

우리는 '대선'을 이야기했지만 거기에 멈추지 않았다. '선거조직'이라는 꼬리표는 늘 부담이었다. '선거 때만 되면 모인다'는 오해가 그것이다. 우리는 대선 너머의 세계에 대해서도 여지를 남겼다. '대선'만큼 매정한 세계도 없다. 누군가는 민주당 최고위원 자리에 있어도 외롭다고 실토했다.

권력이 패권의 가장 높은 형태라는 것은 아이러니다. 패권은 일등주의와 맞닿아 있다. 능력주의와도 통한다. 일등만이 권력을 누린다. 올림픽의 금메달이 순위를 매기는 것과 같다. 그 대선 승리를 위해 달릴 뿐이다. 단일화의 가치도 예외는 아니다. 오로지 대선 승리를 위해서다. 안철수 후보의 단일화 금긋기 행보가 돋보이는 것은 이 때문이다.

묘하게도 민주노총의 직선제 논란도 이와 맞닿아 있다. 현실 정치를 따라 하겠다는 것이다. 직선제는 합의 형태가 가장 치열하고 강한 방식이다. 직선제를 추구하는 이유는 강력한 리더십 때문으로 보인다. 권위를 세우기 위해서다. 하지만 그 권위는 다양성을 해치기 마련이다. 권력이란 다양성의 배제이다. 어떤 단일한 체계는 분명 배제의 문제를 포함하는 것이기 때문이다.

노동정치연대포럼 발족은 권력을 새롭게 접근하는 계기이다. 안철수 후보가 언급한 '수평권력'에 주목하는 것은 이 때문이다. 미래의 리더십이 수평적 권력의 형태로 향할 것이라는 이야기다. 한 영웅의 능력으로 해결할 수 없는 복잡한 사회가 되었다는 것이다. 아무래도 지금의 직선제 목소리는 다양성을 추구하기보다, 이의 반대의 목적을 추구한다. 조합원, 국민은 더 넓은 정치적 자유의 세계로 향하고 있는데 말이다.

정치란 관계의 방식이다. 사람을 거치는 행위이다. 누군가를 대표하는 것이다. 내가 너로 가는 절차다. 네가 나로 오는 과정이다. 누구나 정치적 행위를 한다. 설득하기 위해서, 소통하기 위해서, 지지받기 위해서, 위로받기 위해서, 외로워지기 싫어서, 사랑받기 위해서 등이 그렇다. 개인으로 돌아선 때 비로소 정치적 행위는 멈춘다. 그때 본래의 '자유'가 등장한다.

결국 정치란 대의의 체계이다. 그렇다고 모든 관계를 정치로 환원할 수 없다. 개인적, 개별적, 미시단위의 자유 공간이 무수히 작동하기 때문이다. 이제 정치는 조직 구성원간의 새로운 대의체계를 고민하게 한다. 우리의 포럼이 이의 연장선상에서 의미가 크다. 권력을 지향하면서 지양하는 이유다. 서로의 눈빛만으로도 통하는 것은 이 때문일 것이다.